新 潮 文 庫

ク ロ ノ ス

—天命探偵 Next Gear—

神 永　学 著

新 潮 社 版

10368

目次

クロノス

――天命探偵 Next Gear――

第一章　CONTACT

一

そこは、高級なホテルの、スウィートルームと思われる広い部屋だった。

趣のあるペルシャ絨毯《じゅうたん》が敷かれ、アンティーク調の家具がバランスよく配置されている。光沢のあるグランドピアノが、部屋の格調をより高めていた。

開口部の大きい窓の向こうには、東京タワーを中心に、煌《きら》びやかな夜景が広がっている。

部屋の中央に置かれたソファーに、一人の男が深く腰かけていた。

肉付きのよい、五十代と思われる中年の男だった。

白いバスローブを一枚羽織っただけの姿で、夜景に目をやりながら、バカラのグラスに注がれた赤ワインを口に含み、優雅なひとときを堪能《たんのう》している。

不意に、彼の前に誰かが立った。

若い女だった。目鼻立ちのはっきりした顔に、アップにまとめた髪がよく似合う。

背中の開いた黒のパーティードレスが、スレンダーな彼女のボディーラインをより引き立たせていた。

男は、黄ばんだ歯を見せて、下心を張り付かせた笑いを浮かべた。

それに応《こた》えるように、女は長い睫《まつげ》を伏せた。匂《にお》い立つような妖艶《ようえん》な顔だった。

男が、女の柔肌に触れようと手を伸ばす。

女はわずかに身を引いてそれをかわした。男は、戸惑いの表情を浮かべたものの、焦《じ》らされていると思ったのか、舌なめずりをする。

女は、小さく笑うと、深く入ったドレスのスリットを開いた。

露《あら》わになった白い太股《ふともも》に、ベルトのようなものが覗《のぞ》いた。女の容姿とは不釣り合いなもの——銃を固定するホルスターだった。

女は、素早い動きでホルスターに挿してある小型の拳銃《けんじゅう》を抜いた。

男の微笑《ほほえ》みが、驚きを経て恐怖に変わった。

女は、男に小さく微笑み返すと、拳銃の引き金を立て続けに何度も引いた。

乾いた破裂音が部屋に響き、男の胸に幾つもの穴を開けた。

そこから流れ出した血が、バスローブを赤く染めていく——。


映像は、そこまでだった——。

大小様々な電子機器が乱雑に並ぶモニタリングルームで、東雲塔子《しののめとうこ》は半ば呆然《ぼうぜん》とその映像を見つめた。

鼓動が早鐘を打ち、吸い込んだ息をうまく吐き出せない。過呼吸に近い状態だ。

額から流れだした汗が、頬を伝う。

塔子は、落ち着きを取り戻そうと、深呼吸をして天井を仰ぐ。薄暗いダウンライトの光が、やけに眩《まぶ》しく感じられた。

目の前で人が死ぬ――まるで映画のワンシーンのようだが、そうではない。クロノスシステムによって導き出された未来。つまり、これから起こる現実の出来事なのだ。

――急がなければ。

塔子は、はっと我に返り、携帯電話を手に取った。

登録されている電話帳を確認しようとしたところで、指先が小刻みに震えていることに気付いた。

身体《からだ》が、まだ恐怖を感じている証拠だ。

クロノスシステムによって予知された未来の的中率は100パーセント。このまま、手を拱《こまね》いていれば、あの男は必ず死ぬ運命にある。

塔子は、汗ばんだ掌《てのひら》を白衣にこすりつけると、携帯電話をかけた。

〈山縣《やまがた》だ〉

ワンコールで相手が電話に出た。

安心感のあるその声を耳にして、塔子はいくらか落ち着きを取り戻すことができた。

「東雲です。クロノスシステムが未来を予知しました」

塔子が告げると、電話の向こうで山縣が息を呑《の》んだ。

〈分かった。すぐに行く〉

山縣は、強張《こわば》った声で応えると電話を切った。

ふっと息を吐いた塔子だったが、ぼんやりとはしていられない。自分の役目はこれで終わりではない。彼らが到着するまでに、今の映像から分かることを、できるだけ仔細《しさい》にわたって分析しておく必要がある。

パソコンに向き直った塔子だったが、視線を感じたような気がして手を止めた。正面にはめ込まれた大型のガラス窓に目を向ける。

塔子のいるモニタリングルームから、ガラスを隔てた向こう側に、もう一つ部屋がある。

壁だけでなく、床も天井も白で統一された部屋だ。

塔子のいるモニタリングルームとは異なり、お伽《とぎ》の国のように、眩《まばゆ》いばかりの光に満たされている——。

その中央に台座があり、高さ三メートルほどの大きさの、卵型の物体が設置されている。それこそが、時間の神を意味するクロノスの名を冠するシステムの中枢《ちゅうすう》だ。白い合成樹脂で作られたその物体は、かつて棺《ひつぎ》と表現されていた。しかし、塔子はその名称を嫌い、コクーン（繭《まゆ》）と呼んでいる。

心の奥に蠢《うごめ》く、罪悪感の表われなのかもしれない。

塔子の脳裡《のうり》に、ふと一人の少女の顔が浮かんだ。

まだ、あどけなさを残しながらも、目を瞠《みは》るほどに美しい少女――。

彼女を思うたびに、塔子は胸が締め付けられる。

自分たちは、踏み込んではいけない領域に、足を踏み入れているのかもしれないと、恐ろしささすら感じる。

なぜなら、未来を予知するクロノスシステムは、人間の叡知《えいち》を結集したテクノロジーではない。

一人の少女の夢に過ぎないのだ――。

二

「どう思う？」

黒野武人《くろのたけと》は、モニターに映し出された映像を見終えたところで声をかけられた。

視線をモニターから正面に移す。

テーブルを挟んで向かいに、一人の男が座っていた。唐沢秀嗣《からさわひでつぐ》だった。

肌は浅黒く、引き締まった身体つきをしていて、一見するとアスリートのようだが、実際はそうではない。警察の高級官僚だ。

警察庁警備局公安課のトップで、大胆な発想と行動力から、切れ者と噂《うわさ》される人物だ。

それが証拠に、実直そうに見える外見とはうらはらに、細められた双眸《そうぼう》は、狡猾《こうかつ》にして、したたかな光を宿している。

「どうとは？」

黒野は、メガネを押し上げながら聞き返した。

「君がこの映像を見て、何を感じたのか――率直な感想を求めている」

唐沢は、淡々とした口調で答える。冷静沈着を絵に描いたような態度だ。

「映画みたいっすね」

黒野は、唐沢を怒らせてみたいという衝動に駆られ、わざとおどけた調子で答えた。

が、唐沢は眉《まゆ》一つ動かさなかった。

「確かに映画のようだ。しかし、そうではない。詳しいことは、あとで説明するが、これは今から起こる未来の出来事を映像化したものだ」

黒野は「へぇ」と気の抜けた声を上げた。

「あまり驚かないんだな」

唐沢が苦笑いを浮かべる。

「いや、驚いてますよ。とっても」

「そうは見えない」

「よく言われます」

黒野はニッコリと笑ってみせた。

「疑いも、抱かないのか?」

「警察官僚であるあなたが、未来予知という超常現象的な話を持ち出すからには、それ相応の根拠があり、再現性も含めて実証済みってことでしょ。わざわざ、冗談を言うために、呼び出したわけでもなさそうだし」

黒野の言葉に唐沢は小さく笑うと、「面白い男だ」と呟《つぶや》いた。

「で、何でこの映像を、わざわざぼくに見せたんですか?」

「私が口にするまでもなく、分かっているだろ？」

唐沢が静かに言った。

的を射たりだ。黒野はこれまでの流れで、なぜ自分が呼び出され、この映像を見させられたのか、その答えを導き出していた。

難しいことではない。様々な状況を整理すれば、自然と見えてくる。

「この映像を、分析すればいいんですね」

黒野が口にすると、唐沢が「そうだ」と大きく頷《うなず》いた。

「いつまでに？」

「今すぐ」

「どこまでの範囲です？」

「最優先すべきは、この映像に映っている場所がどこか——だ」

唐沢が、両手を合わせ、自分の口許《くちもと》に持っていった。

——何だ。その程度のことでいいのか。

黒野は、思わず拍子抜けしてしまった。映像はごく短い時間しかないが、それでも、場所を特定するのに充分過ぎるほどの情報が詰まっている。

「場所なら、分かりますよ」

「何？」

さすがに、唐沢が驚いた顔をした。

この男でも、驚くことがあるのか——と妙に感心する。

「だから、場所は、もう分かってますよ」

「どこだ？」

唐沢が、わずかに身を乗り出し、訊《たず》ねて来た。

黒野は目を細めて笑い、充分に間を取ってから、その場所を告げた——。

三

真田《さなだ》省吾《しょうご》は、バイクを走らせていた——。

イタリアのメーカー、ドゥカティの主力マシンMONSTERだ。デザインは無骨ではあるが、黒いボディーに、赤いトレリスフレームがいいアクセントになり、独特の存在感を放っている。

レースに参戦しているメーカーだけあって、加速性能、走行安定性、ともに申し分ない。

無線につないだイヤホンマイクから、上司である山縣の声が届いた。

〈真田。聞こえてるか？〉

「ああ」

〈ターゲットの所在地が分かった〉

「本当か？」

〈六本木通り沿いにある、ＡＮＡホテルの最上階のスウィートルームだ〉

ターゲットを捜して走り回っていたが、まったく手がかりが摑《つか》めていなかっただけに、有り難い情報だ。

——これで、救うことができるかもしれない。

そう思う反面、疑問も残った。

「どうやって見つけた？」

〈見つけたのは、私たちではない〉

「誰だ？」

〈信用できる筋からの情報だ。今から、現地で合流する〉

釈然としないところはあるが、考えるのは真田の役目ではない。自分は、弾丸と同じで、目の前にある標的に、真っ直《す》ぐ突き進めばいい。

「了解！」

今、目的地とは反対方向に向かって走っている。

悠長に迂回《うかい》している余裕はない。真田は、バイクをドリフトターンさせ、車の間を縫って反対車線に抜けた。

抗議のクラクションが鳴り響いたが、残念ながら今はそれに構っている余裕はない。

「急いでいるんでね」

真田は、アクセルスロットルを全開にして、一気にMONSTERを加速させた。

鼓動のようなトルクが、真田のアドレナリンを上昇させる。

黄色から赤に変わりかけた信号を突っ切り、ハングオンして交差点を左に突き抜けた。

「間に合えよ！」

真田は、強い想《おも》いを口にしながらバイクを走らせる。

ホテルのエントランス前にバイクを着けると、一人の男が真田に駆け寄って来た。

鳥居祐介《とりいゆうすけ》だ——。

尖《とが》った鷲鼻《わしばな》が特徴の痩身《そうしん》の男だ。一見すると、寡黙《かもく》で大人しい印象を受けるが、かつて、警視庁のSATで狙撃手《そげきしゅ》を務めた凄腕《すごうで》だ。

真田たちのチームの正規メンバーではないが、ときどき、助っ人《すけと》として参戦してくれる。相棒として、これほど頼りになる男は、そうそういない。

「相変わらず、騒々しいな」

鳥居が皮肉混じりに言う。

「急いでるんでね」

真田は言い終わるなり、ヘルメットを脱ぎ捨てて一気に駆け出した。エントランスを抜け、停まっていたエレベーターに飛び込み、最上階のボタンを押す。

「今度こそ、救えるといいな」

鳥居が、エレベーターの天井に目をやりながら、ポツリと言った。

「そうだな」

真田は、覚悟とともに口にした。

しばらくして、エレベーターが最上階に到着し、扉が開いた。

真田は、競走馬の如《ごと》く、絨毯の敷かれた廊下を駆け出した。そのすぐあとを、鳥居が追従してくる。

「現場に到着した」

突き当たりにあるドアの脇《わき》に取り付いたところで、真田はイヤホンマイクにつないだ無線機に向かって呼びかけた。

〈了解した。電子ロックは、十秒後にこちらで解除する。それと同時に突入だ〉

真田の上司である山縣から指示が出る。

「本当に鍵《かぎ》は開くんだろうな」

真田はぼやくように言った。

〈当たり前でしょ。何のために、私が必死に動いたと思ってんの?〉

イヤホンマイクに、ヒステリックな声が響く。

同僚の公香《きみか》だ。モデル顔まけの美貌《びぼう》の持ち主で、黙っていればいい女なのだが、すぐムキになり、小言が多いのが玉に瑕《きず》だ。

真田と同じように、イヤホンマイクでその声を聞いていた鳥居が、小さく笑った。彫りの深い顔立ちで、気難しい印象を受ける鳥居だが、ふとしたときに見せる笑みは、愛嬌《あいきょう》がある。

「真田。銃を用意しておけ」

鳥居が、腰のホルスターから拳銃を抜きながら言った。

ニューナンブ——警察に標準装備されているリボルバーの拳銃だ。

「あんま好きじゃねぇんだよな」

ぼやくように言うと、鳥居が怖い顔で睨《にら》んで来た。

「私だって、できれば使いたくない」

鳥居の顔に、さっと影が差す。

元SATの狙撃手だった鳥居は、銃の扱いを熟知している。と同時に、その怖さも充分に知っている。それ故《ゆえ》の言葉だろう。

「分かった」

真田は、指示に従いニューナンブをホルスターから抜き、回転式の弾倉に弾が入っていることを確認する。

ドアの前で、じっと息を殺していると、ピッという電子音とともに、ロックが解除された。

どうやら公香がうまくやったようだ。

「準備はいいか？」

真田が訊ねると、鳥居が無言で頷いた。

「警察だ！」

真田は、拳銃を構えたままドアを開けて中に飛び込んだ。

身を低くして攻撃に備えたが、部屋の中は水を打ったように静まり返っていた。素早く視線を走らせる。

部屋は１００平米はあろうかという広さで、アンティーク調の家具が配置され、グランドピアノまであった。

開放感あふれる窓からは、電飾に溢《あふ》れた東京の街並みが見えた。

中央に置かれたソファーに目をやると、そこに男が一人座っていた。

足許には、ワイングラスが転がっていた。

バスローブ一枚の姿で寛《くつろ》いでいるように見えるが、そうではない。

「間に合わなかったか……」

鳥居が、屈《かが》み込んで男の顔を見つめながら言った。

――どうやらそのようだ。

男の額には穴が空いていて、そこから生乾きの血が流れ出していた。

弾丸を撃ち込まれて即死といったところだ。

「クソっ！」

真田は力いっぱい床を踏みつけた。

そんなことをしたところで、何も変わらない。分かってはいるが、そうでもしなければ怒りを抑えきれなかった。

防ごうと奔走したのに、予知された通りの結果になってしまった。

——志乃《しの》。ゴメン。また、守れなかった。

真田は心の中で詫《わ》びながら、奥歯を強く噛《か》み締めた。

不意に、ガタンっと音がした。

——誰かいる。

真田は、鳥居と頷き合ったあと、素早くバスルームの前に移動した。

わずかではあるが、ドアを通して人の気配が伝わってくる。間違いなく、このドアの向こうに人がいる。

拳銃を握る掌に、ぬるぬるとした汗が滲《にじ》む。

呼吸を整えてから、真田はバスルームのドアを力一杯蹴《け》り開けた。

予想した通り、バスルームの中に人がいた。

年齢は二十代半ばくらいだろうか。黒いドレスを着た女だった。

女は、こちらの存在に気付いているはずなのに、特に驚いた様子も見せず、底が見えないほど暗い目で、じっと足許を見つめている。

その手には拳銃が握られていた。旧ソビエト軍が制式採用していた小型拳銃、マカロフＰＭだ。

小型故に、命中精度に問題があるといわれているが、これだけの至近距離なら、外しようがない。殺傷能力についても、申し分無しといっていい。

銃撃戦になった場合、装弾数の少ないニューナンブでは分が悪い。

「警察だ。銃を置け」

鳥居が冷静な口調で言う。

しかし、女は銃を手放すことはなかった。

「我々は死を怖《おそ》れない」

女は、無表情にこちらを見返した。

白濁して生気のない目──気味が悪いと思うと同時に、恐怖感が身体を這《は》い上がってくる。

この女は、相手が警察であろうと、必要とあらば躊躇《ためら》うことなく拳銃の引き金を引くに違いない。

理屈ではなく、本能がそう感じ取った。

「いいから、銃を捨てろ！」

真田は、もう一度声を張り上げる。

女は生気のない目を向けている。

「我々の復活の狼煙《のろし》だ――」

そう言ったあと、女は白い歯を見せて、にいっと笑った。

不気味で怖ろしい笑いだった。と同時に、真田は女がこれから何をしようとしているのかを悟った。

「止《よ》せ！　止《や》めろ！」

真田の叫びは届かなかった。

女は、拳銃を自分の顎《あご》の下に当て、引き金を引いた。

銃声とともに、女の血と脳漿《のうしょう》がバスルームの白い壁に飛び散った。

四

真田は、ホテルの裏口の外壁に凭《もた》れ、深いため息を吐《つ》いた――。

脳裡にさっきの光景がこびり着いている。

あとほんの少し早ければ、止めることができたかもしれない。悔しさと無力感が交互に押し寄せて来た。

「あんまり自分を責めるな」

声をかけて来たのは、山縣だった。

　よれたシャツに、安物のスーツ。背中を丸め、佇《たたず》むその姿は、リストラされたばかりのサラリーマンのようだが、それは見せかけに過ぎない。

かつて、警視庁の防犯部の刑事で、鬼の山縣と畏《おそ》れられた男だ。

山縣は、真田に缶コーヒーを投げて寄越した。受け取ったものの、プルタブを開けて喉《のど》に流し込む気にはなれなかった。

「責めたくもなるさ。これで何度めだ……何が足りない……」

缶が変形するほどに、強く力を込める。

未来を選択することはできる。だが、過去を変えることはできない。当たり前のことだが、その思いが胸に突き刺さる。

「それは分からん。だが、私たちは走り続けなければならない。彼女のためにも――」

山縣は、星一つ見えない都会の煤《すす》けた空に目を向けた。

哀《かな》しげな目ではあるが、それだけではない。確固たる覚悟のようなものが感じられた。

「そうだな。立ち止まってる暇はない」

真田は、壁から背中を離し、自らの足で地面に立った。

彼女を――志乃を悪夢から解放するためには、どんなに失敗を繰り返しても、走り続けるしかないのだ。

今の自分にできることは、それしかない。

「死体が一つ増えちゃったね」

場違いともいえる素《す》っ頓狂《とんきょう》な声が聞こえた。視線を向けると、柱の陰に隠れるように、男が立っているのが見えた。

「せっかく、場所を教えて上げたのに、間に合わなかったんだね」

失意の真田たちを、嘲《あざけ》るような声だ。

「誰だ?」

真田は、素早く身構えながら声を上げる。

男は、それに応じるように、陰から姿を現わした。

仕立てのいい黒いスーツを着た、小柄な男だった。ほっそりした体型が、より彼を小さく見せているのかもしれない。

死人と見紛《みまが》うほどに肌が白く、中性的な顔立ちをしていた。

年齢は、真田と同じくらいか、あるいはもう少し若いかもしれない。

「自己紹介は、そのうちするよ。真田省吾君」

男は、指先でメガネを押し上げると、口角を吊り上げて笑みを浮かべた。

ざわっと胸が騒ぐ。

この男は、緊張感のない薄ら笑いを浮かべているクセに、まるで隙《すき》がなく、威圧感にも似た、異様な空気を纏《まと》っている。

「何で、おれの名前を知ってる？」

「聞いたからに決まってるだろ」

真田の質問に、男はおどけた調子で答えた。

——何なんだ？

「バカにしてるのか？」

「とんでもない。ぼくは、それほど暇じゃないよ」

——やっぱりバカにしている。

「なら、なぜここにいる？」

「何でだろうね。まあ、強いて言うなら、任務に失敗して、落ち込んでいるアホ面《づら》を、拝みに来たってとこかな」

「いい加減にしろよ」

真田は、男の胸ぐらを掴み上げた。

少しは驚くかと思ったが、男は眉一つ動かさず平然としている。

「無駄だから、止めときなよ」

「何？」

「君に勝ち目はないから、止めておいた方がいいって言ったんだ」

男が、勝ち誇った笑みを浮かべる。

どこの誰かは知らないが、つくづく癪《しゃく》に障《さわ》る男だ。

「真田。止めておけ」

山縣が、真田が何をしようとしているのか悟ったらしく、鋭く言い放つ。

素直に従うつもりはない。

「やってみなきゃ、分かんねぇだろ」

真田は、男の胸ぐらを掴んだまま、顔面に頭突きをお見舞いしようとした。

しかし手応えはなかった。どういうわけか、真田の身体がふわりと宙に浮いたかと思うと、ドンっと身体に衝撃が走った。

気付いたときには、真田はアスファルトの上に仰向《あおむ》けに倒されていた。

「ほらね。言っただろ」

男が、ニヤケ顔で真田を覗き込んだ。

——こいつ！

真田は、すぐに起き上がり、反撃しようとしたが、山縣がそれを制した。

「続きは今度やろう」

男は、笑顔で言うとくるりと背中を向けて歩き去って行った。

「畜生。何なんだ……」

真田は去って行く男の背中を睨み付けた。

第二章　DOUBLE

一

山縣は、新宿御苑《ぎょえん》の前の道を一人歩いていた――。

水道局の四谷出張所のあたりまで来たところで、黒塗りのプレジデントが滑るように走って来て、山縣の脇《わき》で停車した。

サイドウィンドウがゆっくり開く。

「乗って下さい」

運転席から、角張った顔をした男が顔を覗《のぞ》かせた。

知っている顔だが、名前を聞いたことはない。山縣は、大きく頷《うなず》いてからプレジデントの後部座席に乗り込んだ。

中では、一人の男が待ち構えていた。

唐沢だった。

五十代前半で、白髪交じりの髪を後ろに撫《な》でつけている。警察庁警備局公安課のトップで、やがては警察庁長官になるであろう人物だ。

この男の前だと、さすがの山縣も緊張する。

役職に臆《おく》しているのではなく、唐沢の放つ独特の空気感がそうさせる。彼は、伏魔殿ともいえる警察組織の中で、切れ者と畏《おそ》れられ、ここまで出世して来た男だ。映画やドラマで描かれるような、官僚然とした無能なエリートとは、ひと味もふた味も違う。

「出せ」

唐沢が言うと、車がゆっくりと動き出した。

「昨晩、殺害された男は、野呂義一《のろぎいち》。海運会社の社長だった人物だ」

唐沢が淡々とした口調で言いながら、山縣に資料を差し出した。

山縣は資料を受け取り、さっと目を通す。昨日の今日で、資料が揃《そろ》っていることに驚いたが、あとに書かれている項目を見て納得した。

野呂には、かねてより海外のマフィア組織と結託し、麻薬密輸に手を染めている疑いがあり、公安課が内偵を進めていたらしい。

「野呂は、密輸の利権にからんで、殺害された——ということでしょうか?」

「その可能性が高い」

唐沢は無表情に答える。

「加害者の身許《みもと》の方は、何か分かりましたか?」

「そちらについては、目下捜査中だ。しかし、犯行の手口からみて、プロの仕業だろう。即座に自殺したことなどを考えると、金で雇われたというより、何らかの主義主張をもったテロリストの線もあり得る」

「そうですか……」

山縣は、ため息とともにファイルを閉じた。

「君は、どう思う？」

「何がです？」

「昨晩の一件だ。犯行が行われる場所は分かっていた。にもかかわらず、阻止はできなかった——なぜだと思う？」

「到着が遅れたのが、一番の原因です」

真田たちが現場に到着したときには、すでに野呂は死亡していた。

あと五分早ければ——とも思うが、仮にそうだったとしても、防げたかどうかは定かではない。

「うむ」

「やはり、我々だけで、防ぐのは無理があります。人手不足な上に、みな素人《しろうと》同然なんです」

「君の言わんとしていることは分かる。しかし、正規の捜査員を動かすわけにはいかない。他人の死を予見するなどという与太話など、誰も信じないからな」

「それでも……」

反論しかけた言葉を、唐沢が制した。

「君も知っての通り、警察の捜査は、公判維持を前提にしている。証拠のない殺人事件で捜査を行うわけにはいかない。それに、警察は良くも悪くも巨大な組織だ。こういう特殊な案件に対応するためには、小回りが利《き》かない」

唐沢の意見も一理ある。しかし――。

「このままでは……」

「分かっている。だからこそ君たちが必要なんだ」

――警察庁警備局公安課次世代犯罪情報室。

それが、山縣たちに与えられた呼称だ。

他人の死を予知するクロノスシステムを、管理運用するために設立された部署だ。

しかし、その存在を知る者は少なく、システムを管理している塔子を除けば、みな元は〈ファミリー調査サービス〉という探偵事務所で浮気メインに調査をしていた探偵に過ぎない。

しかも、正式に警察官として登用されたわけではなく、幾つかのダミー会社を介して特殊な業務委託契約を結んでいるに過ぎない。

つまり、不要になったり、何か問題が起きれば、すぐにでも斬《き》り捨てられる。

それを承知した上で、山縣たちが契約を結んだのは、そうせざるを得ない事情があったからだ。

意気消沈する山縣の肩を、唐沢が軽く叩《たた》いた。

「私は、君たちに期待している。警察は、本来市民の安全を守るために存在している。しかし、今はどうだ？　さっきも言った通り、公判維持に重きを置くあまり、証拠がなければ動くことすらできない」

「それは……」

「クロノスシステムと、君たちは、もはや形骸化《けいがいか》した警察の本懐を成すものだ」

唐沢の理想は分かるし、それは素晴らしいことだとも思う。

しかし——。

「現状では、何も防げていません……」

それが悔しいところだ。

「そうでもないさ。昨晩の一件は、予知と現実に齟齬《そご》が出た」

唐沢が微《かす》かに笑う。

齟齬とは、被害者の殺害状況のことを言っているのだろう。クロノスシステムでは、被害者の男は胸に数発の弾丸を浴びて死んでいた。しかし、実際は額に一発だった。

「システムのエラーかもしれません」

「そうとは言い切れない。君たちの動きが、運命に干渉し、予知と現実の間に齟齬を生んだ——まあ、私の考えではないがね」

「誰の意見です?」

「そのうち分かる。それより、これからの動きがより重要になってくる」

「しかし、先ほども申し上げた通り、今の人員では……」

「分かっている。私も黙って手を拱《こまね》いているわけではない。人員の件については、一人手配してある」

唐沢が山縣に流し目を向ける。

「どういう人物です?」

「口で説明するのは難しいな。だが、優秀な人材であることは間違いない」

「優秀……ですか……」

山縣は、苦笑いとともに口にした。

何かあれば、すぐに斬り捨てられるような部署に、優秀な人材が来るとは思えない。しかも、表向きは存在しない部署なのだ。

「期待できない──という顔だな」

「否定はしません」

「相変わらず、面白い男だ。疑念を抱く気持ちは分かるが、その人物が優秀であることは私が保証する。まあ、少しばかりクセのある男だが、君たちとは、因縁浅からぬ仲だ。うまくやっていけるだろう」

唐沢が言い終わるのと同時に、車が停まった。ここで降りろということだろう。

山縣は、ため息混じりに車を降りる。

「どうも」

車を見送っていたところで、急に声をかけられた。

振り返ると、そこにはメガネをかけた青年が、うっすらと笑みを浮かべながら立っていた。

二

真田は電子ロックを解除し、部屋に足を踏み入れた。

冷蔵庫の中に入ったようにひんやりとしている。状態を安定させるために、温度管理がされているのだ。

十畳ほどの広さがある部屋だ。外光を取り込む窓はないが、壁も床も天井も、全《すべ》て白で統一されている。

この部屋があるのは、世田谷にある邸宅だ。

志乃の父親である中西克明《なかにしかつあき》の持ち物であったが、彼の死後、志乃が相続し、一人で住むのには広すぎると、真田たちの事務所兼住居として使うようになった場所だ。

その地下を改装して設置された。

部屋の中央には、高さ三メートル強の、卵型の物体が設置されている。コクーンと呼ばれているものだ。

詳しいことは分からないが、この機械が志乃の生命維持を司《つかさど》っているらしい。

視線を上げると、ガラスで仕切られた向こうの部屋で、塔子が作業を続けているのが見えた。

一瞬、目が合う。

塔子は口許をわずかに緩め、黙礼を返す。

彼女は、真田より年上ではあるが、そう思えないほど幼い顔立ちをしている。

いつも寂しげで、何かを憂《うれ》えているような眼差《まなざ》しは、どこか志乃と似ている。しかし、似ていることと、同じであることとは、まったく異なるものだ。

真田は、視線をコクーンに戻した。

元の名前は棺《ひつぎ》だったらしい。しかし、塔子がその名称をコクーンに変えた。彼女の優しさの現われなのだろう。

今は眠っているが、やがては羽化して羽ばたく——そんな願いが込められているように感じられる。

真田自身、そうであって欲しいと思っている。

苦笑いを浮かべたあと、真田はコクーンの横に設置されたボタンを押した。

電子音のあと、コクーンは角度を変えて横たわると、アームにより白い外殻が持ち上げられ、その中身が露《あら》わになる。

その中には、一人の少女の姿があった。

まだ、あどけなさを残しながらも、均整が取れ、目を瞠《みは》るほどに美しい顔をした女性——中西志乃だ。

真田の脳裡《のうり》に、痛みとともに嫌な記憶が蘇《よみがえ》る。

一年前——志乃は、ある事件を追っていたときに、頭部に弾丸を受けた。

幸い、弾丸は頭蓋骨《ずがいこつ》に沿うように掠《かす》めただけで、精密検査の結果でも、脳に大きなダメージはなかった。

すぐに目を覚まし、いつものように笑ってくれると信じていた。

しかし、その願望はいとも簡単に打ち砕かれた。

昏睡《こんすい》状態が続く志乃を生かしておくためには、二十四時間態勢の看護が必要になった。

そこにかかる医療費は、あっという間に膨れ上がり、経営の苦しい〈ファミリー調査サービス〉の資金ではまかなえなくなった。

そんなとき、警察庁の唐沢という男が、接触をしてきた。

彼は、莫大《ばくだい》に膨れ上がった志乃の治療費を負担するだけでなく、志乃が目を覚ますための、様々な治療も請け負うと申し出て来たのだ。

条件は二つ——一つは、志乃の夢に関する研究を行うこと。

そしてもう一つは、真田を含む、探偵事務所〈ファミリー調査サービス〉の面々が、警察に協力することだった。

正式な警察官ではない。特殊な契約を結んだ、いわば外部委託のようなものだ。何か問題があれば、すぐに斬り捨てると暗に言われているようなものだ。

契約は、守秘義務はもちろん、目眩《めまい》がするほど細かな条項が含まれていた。

当然、迷いはあった。だが、膨れ上がる志乃の治療費が払えないのも事実だった。

それに、志乃が目覚めるための治療というのも無視できない。

何より真田の決断を促したのは、眠り続ける志乃が、今もなお人の死という悪夢に苦しめられているかもしれない——という事実だった。

志乃を救ってやりたいと思っていた。

何か根拠があるわけではないが、そうすることが、志乃を目覚めさせる唯一《ゆいいつ》の方法であると真田は考えたのだった。

そうして、志乃の夢を可視化させるためのクロノス計画がスタートし、真田たちは警察に協力することになった。

様々な研究の結果、志乃が見た夢を、映像化することができるようになったのは、一ヶ月ほど前のことだ。

それから、その予知された死を食い止めるために奔走して来たが、今のところ成功例は一つもない。

——何もできていない。

無力感が、真田の心をかき乱し、力を奪っていくような気がする。

「また、助けられなかった。すまない……」

真田は、志乃に詫《わ》びた。

返事はない。志乃は、何も答えずに、ただ眠り続けている。

それでも、真田はこうして毎日、志乃に語りかける。

予知された死を止めることができれば、志乃はきっと目を覚ます——そう信じていた。何の根拠もない、子どもじみた願望だとは思う。だが、それでも脆弱《ぜいじゃく》な信念にすがるしかない。そうしなければ、自分自身が壊れてしまう。

真田は、志乃の手をそっと握った。

ひんやりとした志乃の手が、握り返してくることはなかった。

それでも、こうしていると、志乃は死んでいるのではなく、眠っているだけだと実感できる。

志乃の腕に残る注射の痕《あと》を見て、真田は息苦しさを覚えた。

――自分たちの選択は、本当に正しかったのだろうか？

心の中で問いかける。

真田の中には、常にその疑問が渦巻いている。志乃の答えを聞きたい――しかし、返ってくるのは沈黙だけだ。

それでも、真田は前に進むしかない。志乃が目覚めると信じて。

志乃が、目を覚ましたら伝えたいことがたくさんある。志乃が眠りにつくまで、気付くことのなかった自分の本当の気持ちだ。

失ってから気付くような愚か者だが、それでも、聞いて欲しい。

「だから志乃……戻って来い……」

真田は、祈るように志乃の手を自分の額に当てた。

しばらくそうしていると、不意に志乃の身体《からだ》がビクッと痙攣《けいれん》した。

――目を覚ました。

そう思ったのは、一瞬のことだった。実際は違う。この反応は――。

三

モニタリングルームで作業をしながら塔子が顔を上げると、ガラスの向こうにいる真田と目が合った。

一瞬だけ息が止まる。

日焼けした肌に、無駄な贅肉《ぜいにく》が一切ない、アスリートのように引き締まった身体つきをしている。

真っ直《す》ぐ伸びた眉《まゆ》の下には、いかにも意思の強そうな双眸《そうぼう》が覗いている。ワイルドな風貌《ふうぼう》なのだが、ときおり子どものような無邪気な一面を見せたりする。

右のこめかみに残る傷は、銃撃されたときに受けたものらしい。その事件で、彼は両親を失っている。しかし、そんな悲壮感はまったく感じさせない。

何より、彼女を——志乃を想《おも》う、真っ直ぐで淀《よど》みのない感情。純粋な愛とは、ああいうことをいうのだろう。

真田は、塔子が今まで出会ったことのないタイプの男だった。

「少し休んだら?」

不意に聞こえた声に振り返ると、腰に手を当てた公香が立っていた。

並のモデルなら、尻尾《しっぽ》を巻いて逃げ出しそうなほどの美貌の持ち主で、同性の塔子から見てもうっとりするほど魅力的な女性だ。

研究に心血を注いで来た塔子とは、対極にいるといっていい。

だからといって、塔子は公香を嫌いではなかった。人見知りである塔子が、それなりに馴染《なじ》むことができたのは、親しみ易《やす》い公香の性格によるところが大きい。

「大丈夫です」

塔子が答えると、公香は呆《あき》れたように首を振ってから近くの椅子《いす》に腰かけた。

「そうやって、無理するとこなんか、志乃ちゃんによく似てるわ」

「そうですか？」

塔子が、初めて中西志乃に会ったとき、彼女はもう眠った状態だった。だから、彼女の容姿は目にしていても、その人格は全く知らない。

それでも、公香や真田たちの話を聞いていて、志乃がどういう女性だったのか、想像することはできる。

志乃は、眠りにつく前から、他人の死を予見する能力を持っていた。自分などでは想像もつかない過酷な運命を背負いながら、それでも、真っ直ぐに生きようとした。見た目の幼さに反して、強く気高い女性だったのだろう。

自分とは、まるで似ていない。

「志乃ちゃんは、塔子さんと一緒で、かわいい顔してなかなか頑固でね」

公香が遠くを見るような目をした。

「そうなんですか……」

塔子は、曖昧《あいまい》に答えた。

頑固であることは認めるが、やはり根本にあるものが違う。

「ま、とにかく休んだ方がいいわよ」

「そうしたいんですけど、幾つか検証しておきたいことがあるんです」

「昨晩の事件について？」

「はい」

塔子は頷いてからモニターに目を移した。

クロノスシステムのベースになっているのは、脳情報デコーディング技術だ。

人は夢を見ているときも、起きているときと同じように、脳内で視神経情報の処理が行われることが判明している。

ＢＣＩ（ブレイン・コンピュータ・インターフェイス）によって脳波を測定し、そのデータを分析することで、夢の内容を可視化することができるというわけだ。

原理は理解しているが、このシステムを構築したのは塔子ではない。

塔子がここに来たときには、すでにコクーンが設置されていて、クロノスシステムは完成されていた。

脳情報デコーディング技術は、十年以上前から研究が進められていて、理論上は可能だという論文も発表されているが、情報量が膨大である上に、正確にその機能が把握されていないため、実用化はまだ先だと言われていた。

しかし、目の前に、クロノスシステムはある。

オーバーテクノロジーともいえる、このシステムを完成させたのが誰なのか——塔子は知らされていない。

それは真田や公香たちも同様らしかった。

塔子の仕事は、クロノスシステムを仕様書に基づき、管理運営することだ。

昨晩の事件を予知した夢と、現実の間で齟齬が起きた原因が何か——管理者として、把握しておく必要がある。

しかし、クロノスシステムにはブラックボックスともいうべき、不可侵領域が多すぎて、なかなか作業がはかどらないというのが実情だ。

「一つ訊《き》いていい？」

公香は、少し深刻な顔で言った。

「何です？」

聞き返しながら、どんな質問が来るのか身構える。

「塔子さんって、何でうちのチームに来たの？」

「大学院を卒業したあとも、大学に残って研究してたんです」

「夢の研究？」

正確には違う。

塔子が行っていたのは、人間の脳波を測定し、データ化する研究だ。しかし、ここでは敢《あ》えて説明せず「まあ、そんなところです」と答えた。

「それで」

公香が促す。

「私の所属する研究室が、資金難で閉鎖が決まって、路頭に迷っているときに、警察からスカウトされたんです」

塔子は、予《あらかじ》め用意していた答えを口にした。

脳波を測定するＢＭＩやＢＣＩの研究をしている者は、他にもたくさんいた。そんな中で塔子に声がかかった理由は三つ。

一つは、女性であること。もう一つは、看護師の資格を保持していたことだろう。

この仕事は、単にシステムの管理だけでなく、眠ったままの志乃の介護も必要になって来る。

女性でしかも看護師の資格を持った塔子は、その条件に合致した。

そして、残る一つの理由は――頭に忌《い》まわしい記憶が浮かんだが、それを口にすることなど出来るはずもない。

「ここにいれば、研究が続けられますから」

塔子は、作った笑顔でそう締め括《くく》った。

「研究のため――か」

公香が、少し不服そうに口を尖《とが》らせる。

もちろん、今もここに留まる理由は、研究のためだけではない。

志乃によって予知された人の死――それを変えようと、真田たちは日々奔走している。

しかし、結果は芳《かんば》しいとは言い難いものだ。知っていながら、救うことができない。

その苛立《いらだ》ちは、心を蝕《むしば》んで行く。

それでも真田たちは、立ち止まらない。

心身共にボロボロになりながらも、信じて前に進み続ける。

そんな彼らを見ていて、自分も救いたい――そう願うようになっていた。だから、こうして寝食を忘れて作業に没頭している。

しかし、それを今、口に出して言うことは憚《はばか》られた。自分には、その資格がないからだ。

塔子の思考を遮《さえぎ》るように、モニターに変化が現われた。

「また夢？」

公香も、その変化に気付いて声を上げる。

「はい」

塔子は、返事をしてから慌《あわ》ててパソコンに向き直った。

四

大型のバンが、ゆっくりと走って来て、幅の狭い道を塞《ふさ》ぐように停車した。

白い壁に囲まれた、巨大な邸宅の前だった。

バンの運転席のドアが開き、一人の男が道路に降り立った。帽子を目深《まぶか》に被《かぶ》っていて、その顔を窺《うかが》い知ることは出来ない。

その男は、背中を丸め、早足でその場を立ち去った。

ベビーカーを押した女性が通りかかったが、車が邪魔をして先に進むことができずに、足を止めた。

濃紺の制服を着た、警備員と思《おぼ》しき体格のいい男が二人駆け寄って来た。

彼らは、バンの運転席を覗き込む。

と、次の瞬間、閃光《せんこう》が走った――。

地面を揺さぶる轟音《ごうおん》とともに、真っ赤な炎が渦を巻いて立ち上る。

停車していたバンは、五メートルほど宙を舞い、反転して天井を下に向けアスファルトに落下した。

黒煙が、あたりを包み込む。

被害は車だけではなかった。

二人の警備員は、強烈な爆風で四肢をもぎ取られ、黒こげの肉塊と化し、そこら中に散乱した。

ベビーカーは、高く吹き飛ばされ、電線に引っかかっていた。乗っていたはずの子どもの姿は見当たらない。

十メートルほど先で、うつ伏せに倒れている女性は、ぐったりとしたまま動かない。

それは、まさに地獄絵図だった――。

「これは、ヤバイわね……」

モニタリングルームで、パソコンに映し出された映像を見つめながら、公香は低く呻《うめ》くように言った。

あまりに衝撃的な映像に、掌《てのひら》がじっとりと汗ばんだ。

「そうだな」

同意の返事をしたのは、あとから部屋に飛び込んで来た真田だった。

さすがの真田も、表情を固くしている。

爆風で瓦解《がかい》した邸宅の白い壁が、その爆発の凄《すさ》まじさを物語っている。それだけではない。バンに近づいた二人の男は即死だったろう。ベビーカーを押していた女性も、その子どもも、おそらくは生きてはいまい。

四人もの命が一瞬にして消し飛んだかと思うと、背筋が寒くなった。

「車の中に、爆弾を積んでいた可能性が高いな」

真田が険しい顔で言う。

車が停車するなり、爆発が起きたのだ。そう考えるのが妥当だ。しかし、別の可能性も考えられる。

「マンホールの下とかに、予め仕掛けられていた可能性も、否定できないわよ」

公香は、モニターを指差した。

バンを停車させたのは、人目を惹《ひ》くためのトラップであったかもしれない。

「そうだな……まあ、どちらにしても、この爆発の衝撃は、パイプ爆弾みたいなお手製のものじゃない。C4とかTNTみたいな軍用火薬だな」

真田が、苦い顔をした。

それについては、公香も同意見だった。

壁を吹き飛ばした上に、大型のバンを五メートル近く押し上げるほどの爆発だ。相応の爆薬が用意されたとみる方がいいだろう。

しかし、もしそうだとすると、この爆発を仕掛けたのは、その道のプロ——ということになってくる。

「この場所って、何かで見たことがある気がするんだけど……」

公香が指摘すると、塔子が振り仰いだ。

「ここは、アメリカ大使の公邸です」

塔子の言葉で、公香も思い出した。

アメリカ大使公邸は、駐在している大使の住居として使用されている邸宅で、溜池山王駅の近くにあったはずだ。

そんな場所で爆発を起こすとは——。

「つまり、これはアメリカに対するテロってことね」

「そう見て間違いないな」

真田が頷いた。

頷き返した公香は、ことの重大さを改めて嚙《か》み締めた。もし、そんなことが行われれば、ただ死人が出るだけでは済まされない。

国際問題に発展するのは必至だ。

「急いで動いた方がいいわね」

「実は、映像はこれだけじゃないんです」

塔子が震える声で公香を遮った。

「どういうこと？」

公香が訊《たず》ねると、塔子は無言のままマウスを操作して、モニターに別の映像を呼び出した。


狭い路地のような場所だった——。

グレイのスーツを着た男が、歩いていた。背中越しの映像なので、その顔は見えない。しかし、明るいブロンドの髪からして、日本人ではなかった。

酔っぱらっているのか、足許がおぼつかない様子だ。

途中で立ち止まり、腰を屈《かが》めたかと思うと、激しく嘔吐《おうと》した。

彼のあとを追いかけるように、男が歩いて来た。まるで闇《やみ》に溶け込むように、黒のシャツに、同じ色のスラックスという恰好《かっこう》だった。

黒いシャツの男は、嘔吐している男の背後に、すうっと歩み寄ると、ポケットに手を突っ込み、中からナイフを取り出した。

一瞬の出来事だった。

嘔吐していた男の首は切り裂かれ、うつ伏せに倒れ、何度か痙攣したあと動かなくなった——。

「二つ——予知したってこと？」

公香は、掌に滲《にじ》んだ脂汗《あぶらあせ》を握り締めた。

「はい」

塔子は、苦しそうに唾《つば》を飲み込む。

普段から線の細い彼女の顔が、より一層弱々しく見える。

しかし、塔子がそうなるのも頷ける。今まで、二つの別々の死を、同時に予知したことはなかったからだ。

「こっちも、プロの仕業だな」

言ったのは真田だった。

「そうね」

公香は、その意見にも同感だった。

頸動脈《けいどうみゃく》を一撃で切り裂くナイフの腕はもちろん、殺すまでの間に躊躇《ためら》いがなく、手《て》際《ぎわ》もいい。

ケンカでの刃傷沙汰《にんじょうざた》や、ヤクザ同士の抗争などとは、明らかに次元が違う。

「マズイな。今の人数だと、かなりしんどい」

真田が舌打ちをする。

「また、鳥居さんに協力してもらう？」

「鳥居のおっさんを含めたって、動けるのは四人しかいないんだぞ。爆破と、このナイフの男――両方を同時にってのは無理がある」

真田の言う通りだ。

昨晩の事件も、鳥居に協力してもらっていた。にもかかわらず防げなかった。爆破テロとナイフによる殺害。同時に対応するには、あまりに人員が少な過ぎる。

「どっちかに、絞るしかないかもね」

「絞るって言ってもな……」

真田が、苦い顔をする。

どちらかに絞るということは、どちらかを諦《あきら》めるということだ。真っ直ぐな真田には、それが受け容《い》れられないのだろう。

誰も死んで欲しくない――その気持ちは、公香も同じだ。しかし、今の自分たちに二兎《にと》を追うほどの余裕がないのもまた事実だ。

「犯行の規模から考えて、爆破の方を優先させた方がいいかもしれないわね」

公香が言うのと同時に、誰かが失笑した。

視線を走らせると、ドア口のところに、男が一人立っていた。小柄で華奢《きゃしゃ》な身体つきに、メガネをかけた優男《やさおとこ》だった。

「あんた誰？　どっから入ったの？」

公香の問いかけを無視して、男は緊張感のない笑みを浮かべてみせた。

「人数で判断するとこなんて、とんでもないアホだね」

男は、指先でメガネを押し上げながら言う。

キザったらしい仕草のはずが、なぜかこの男がやると様になっている。

「てめぇ！　あのときの！」

真田が、男に向かって吠《ほ》えた。

――え？　知ってるの？

公香は、わけが分からず目を丸くした。

五

真田は、唐突に入って来た男を睨《にら》み付けた。

このニヤケ顔は、忘れたくても、忘れられるものではない。この男は、昨晩いきなり現われて、真田を挑発した挙げ句、投げ飛ばした張本人だ。

「お前は誰だ？　なぜここにいる？」

真田は、じりっと男との距離を縮めた。

昨晩のこともある。いきなり、飛びかかるような愚は犯さない。

「そう目くじら立てて怒るなよ。ぼくは、君とやり合うつもりはないんだから」

男は、メガネを指で押し上げながら、ヘラヘラと笑っている。

本気で笑っているわけではない。完全な作り笑いだ。それが証拠に、メガネの向こうにある双眸は、冷め切っている。

「よく言う。昨日のことを、忘れたとは言わせねぇぞ」

「あれは、君の方が勝手に襲いかかって来たんだろ。ぼくは、自分の身を守ったに過ぎない」

確かに先に手を挙げたのは、真田の方だ。

しかし、あのときの男の対応は、明らかにそれを誘う言動だった。

「うるせぇ。今度は、昨日のようにはいかねぇぞ」

「だろうね」

男が肩をすくめるようにして言った。

「何？」

「君が感情的になったとき、最初の攻撃が頭突きだってことは、分かっていた。攻撃手段が分かっていれば、対処は簡単だ」

「言ってくれるじゃねぇか」

真田は、さらに男との間合いを詰める。

男は、それから逃げるように、後方に飛び退《の》いた。

「おっと、話は最後まで聞けよ」

「は？」

「こうやって、改めてやり合った場合、君は本能に任せた、変則的なスタイルでの格闘になる」

「まるで、前からおれのこと知ってたみたいな言い方だな」

「直接会ったのは、昨日が初めてだ」

「なら、どうして知っている？」

「だからさ、会ったのは、昨日が初めてだけど、資料は興味深く読ませてもらった」

「資料？」

「そう。中西運輸の事件とか、病院の立て籠《こ》もり事件、ファントムの事件もあったね。それと、一年前の核爆弾を使ったテロ——」

「お前、何者だ」

真田は、低く唸《うな》るように言った。

威嚇《いかく》のつもりだったが、この男には暖簾《のれん》に腕押し——笑顔を崩そうとはしなかった。

「それは、あとで教えてあげるよ。それより、話を戻すよ」

「お前……」

真田は、男の独特の空気感に、完全に呑《の》まれ、うまく言葉が出て来なかった。

——嫌な野郎だ。

「とにかく、君の変則的な攻撃に、ぼくの分析が追いつかなくなる」

「何が言いたい」

「もう一度、やり合ったら、ぼくが確実に負ける——そういうこと」

男は自信満々に胸を張る。

こうも堂々と、自分が負けると宣言されると、どう対応していいのか分からなくなる。

「もうそれくらいにしておけ」

争いに割って入って来たのは、山縣だった。

「助かった。危なく病院送りになるところだったよ」

まるで感情のこもっていない言い方だ。

自分が負けると断言したのはただのブラフで、本当は別のことを考えている——そう思わせる表情だった。

「山縣さん。この人は誰なの？」

公香が、質問を投げかける。

「彼の名前は、黒野武人――今日から、うちのチームに編入された」

山縣の説明で、部屋の中が静まり返った。

真田たちは、秘密裏に組織された寄せ集めのチームだ。故《ゆえ》に、慢性的な人手不足に悩まされている。

志乃が予知した死の運命を阻止するためには、一人でも多く人員が欲しいところだ。

山縣も再三にわたって交渉を続けて来た。

しかし――よりにもよって、こんな得体の知れない奴《やつ》とチームを組めというのか？

「冗談じゃない」

真田が吐き出すように言うと、黒野と紹介された男が、目を細めた。

さっきまでの緊張感のない笑顔とは違い、背筋がぞっとするほど冷たい表情だった。

が、それも一瞬のことで、黒野はすぐに笑顔に戻った。

「心外だな。これでも、かなり役に立つと思うけどね。それに、君との相性も悪くないはずだ」

黒野が、真田を指差した。

――何が相性だ。

「そうは思えねぇな」

「そんなことないよ。君は直情的な熱血バカ。ぼくは、冷静沈着で、分析力抜群――ね、相性いいでしょ」

よく恥ずかしげもなく、自分をそこまで持ち上げられるものだと、逆に感心してしまう。

「けなしてるようにしか聞こえねぇよ」

「そうでもないよ。ぼくは、それなりに君のことを評価している」

「それなりに――ね」

――本当に、気にくわない野郎だ。

黒野の態度もそうだが、発せられる空気が、どうも胡散《うさん》臭い。人間として、大切な何かが欠落したような印象を受けた。

彼は、計り知れない闇を抱えている――そんな感じだ。

六

公香は、ソファーに深く腰かけた。

あのあと、モニタリングルームでは狭すぎるので、暖炉とソファーセットが置かれた応接室に移動した。

隣には真田。向かいに山縣と黒野が並んで座っている。

塔子は、分析作業を続けるために、モニタリングルームに残った。

公香は、改めて黒野に目を向ける。

常時、ニコニコと笑みを浮かべる、色白でメガネの優男。その印象は変わらない。

しかし、その笑顔の下に、別の何かが隠れているような気がしていた。

真田は、それを敏感に感じ取ったからこそ、あれほどまでに突っかかったのだろう。

——黒野は、いったい何を隠しているのか？

「それで、さっき爆破の件は、後回しにした方がいいって言ってたけど、何か根拠があるの？」

公香は、猜疑心《さいぎしん》を振り払ってから訊ねた。

今は、志乃が予知した死の運命に対処することの方が先決だ。あれだけ豪語したのだから、お手並み拝見といったところだ。

「本当に分かってないんだね」

黒野が、いかにも楽しそうに声を上げて笑った。

真田が殴りたくなる気持ちが分かった。しかし、自分まで同じように暴れては、話が進まない。

「分からないから、訊いてるの」

公香が言うと、黒野はテーブルの上に置かれたタブレット端末を操作し始めた。

このタブレット端末には、志乃の夢の映像データが入っている。

端末のモニターに、さっきの映像が再び流れ始める。爆発後の凄惨《せいさん》な現場の場面で、黒野が映像を静止させた。

「ここをよく見て」

黒野は、タブレット端末を操作して、崩れた壁の奥にある建物の、エントランスのあたりを拡大表示させた。

爆発に驚いて飛び出して来たらしい人たちが、群がっているのが見えた。

「これがどうした？」

真田が訊ねると、黒野は、モニターに映る一人の男を指差した。

刈り込んだ黒髪で、アメリカのアクション映画に出て来そうなほど体格のいい男だった。

「彼が誰か分かる？」

黒野の質問に、公香は首を振った。真田も山縣も分からないらしく、無言のまま首を傾《かし》げる。

黒野は、小バカにしたようにため息を吐《つ》いてから口を開く。

「彼の名は、ブルース・ウィルソン」

「アクション・スターの？」

声を上げたのは、真田だった。

「それはウィリス。バカ丸出しだね」

「うるせぇよ。で、誰なんだ？」

「彼は、アメリカの元シークレットサービス。十年前、当時の大統領だった、ジョナサン・フォスターが銃撃されたとき、身を挺《てい》して守ったこともある英雄だ」

公香は感心して「へぇ」と声を上げた。

写真を見ただけで、そこまで言い当てるとは、並大抵の知識量ではない。

「で、その男と事件を後回しにすることと、どういう関係があるんだ？」

真田の質問に、黒野は小さく首を振った。

「まだ分からないとは……本当に情けない」

「もったいつけてねぇで、早く説明しろ」

「ブルースは、ジョナサンが退任するのと同時にシークレットサービスを辞めて、彼の専属のボディーガードに鞍替《くら》えしたんだ」

「そうか」

そこまでの説明を受け、声を上げたのは山縣だった。

「山縣さんは分かったみたいだね」

黒野がパチンと指を鳴らす。

「何が言いたいの？」

公香は、苛立ちとともに訊ねた。

「つまりジョナサン専属のボディーガードであるはずのブルースが、なぜ日本にいるか——だ」

黒野は得意げに目を細める。

「なぜなの？」

「ジョナサンに、来日の予定はない。ただ、彼の娘であるキャサリン・フォスターは別だ」

「誰？」

名前を聞いてもピンと来ない。

「いくら美人でも、頭が悪いと魅力が半減するね」

黒野が小バカにしたように、鼻で笑った。

「このガキ！」

「落ち着けよ」

立ち上がった公香を宥《なだ》めたのは真田だった。まさか、真田に宥め賺《すか》されるとは、思ってもみなかった。

「キャサリン・フォスターは、アメリカの駐日大使に任命されたんだ。来日は二日後」

説明をしたのは、山縣だった。

そういえば、そんなニュースを耳にしたような気がする。

「キャサリンには、外交の経験はない。しかし、今後の日米関係を考慮して、異例の着任になった。超が付くほどのＶＩＰだ」

黒野が補足説明をする。

「何で、そんな人が？」

「普天間基地の問題やＴＰＰ——昨今の日米関係は、一般人が考えているより冷え込んでいる。アメリカとしては、キャサリンを着任させることで、関係の改善を目論《もくろ》んでいるんだろ。ついでに、増長を続ける中国への牽制《けんせい》も兼ねているんだろうけど」

「なるほどね」

公香は、頷《うなず》きながら腰を落ち着けた。

「つまり、この爆破は、彼女を狙《ねら》ったテロである可能性が高いってわけだな」

真田が腕組みをする。

「でも誰が？」

公香は疑問を口にする。

「容疑者は世界中にいるよ」

黒野が、さも当然のように答える。

「ずいぶん、大雑把ね」

「そうでもない。世界の警察を自任し、やたらと他国の内政に干渉するアメリカを快く思っていない人は、腐るほどいる。日本人の過激派しかり、中国、北朝鮮、イラン……数え上げたらキリがない」

「まあ、それはそうね」

「それで、テロを後回しにしていい理由は何だ？」

疑問を投げかけたのは真田だった。

爆破テロが行われるまで、最低でも二日間の猶予《ゆうよ》があることは分かった。しかし、予知が呈示された順番から考えると、路地で男が殺されるのは、それよりあとかもしれない。彼の方こそ、後回しにすべきかもしれない。

黒野が意味あり気な笑みを浮かべた。

「もう一人の男は――」

黒野は、再びタブレット端末を操作して、男がナイフで斬《き》りつけられる映像を呼び出した。

男が歩いて来たところで、黒野は映像を静止させる。

その目が、「もう分かるでしょ」と言っているようだった。しかし、そんな目で見られても、そうそう分かるものではない。

真田も山縣も、公香と同じで分からないらしい。

「どういうこと？」

公香が訊ねた。

「ここを見て」

黒野が、ピンチアウトして、背景にあるビルの一角を拡大した。

わずかに大型の液晶モニターが映っていた。人通りの多い交差点などで、CMを放映しているモニターだ。

そこに、ロック歌手らしき男性が映り込んでいた。

新曲のプロモーション映像のようだ。

「彼が殺されるのは、今日か……」

山縣が、唸るように言った。

「何で、それが分かるんだ？」

真田が、不服そうに口を尖らせる。

「この映像の日付を見てみろ」

山縣が、タブレット端末を指差した。そこには、今日の日付と本日発売という文字が躍っていた。

公香は、驚きとともに黒野の顔を見た。

黒野の位置からでは、この文字は豆粒位にしか見えなかったはずだ。近くで見ていた公香も気付かなかったほどだ。

得体は知れないが、とんでもない洞察力の持ち主だ。

「でも、何で志乃ちゃんの予知は、時系列に沿っていないの？」

公香は、思いついた疑問をそのまま口にした。

先に路地で殺される男を予知し、そのあと爆破——という流れが普通のはずだ。

「おそらく、彼女の予知は、計画された順番に行われているんだ」

黒野が、指先でメガネを押し上げた。

「どういうことだ？」

真田が、すかさず訊ねる。

黒野はじらすような間を置いてから、ゆっくり口を開いた。

「まず、着目すべき点は、彼女が予知するのは、病気や事故、それに口論の末のような突発的な犯行は、含まれていないということだ」

「そうね」

公香は大きく頷く。

黒野が言う通り、志乃が今まで予知して来たのは、眠りにつく前も、そのあとも、計画性があるものばかりだった。

「つまり、彼女が予知しているのは、計画的な犯行に限られる」

「でも、計画的な犯行全《すべ》てではないわよ」

公香が言うと、黒野はわずかに目を細めた。

「その件については、そのうち説明するよ。それより、順番の話だ」

「そうだったわね」

疑問を引っ込め、先を促した。

「今回の件からも分かる通り、彼女が予知しているのは、犯行が起こる順番ではなく、計画された順番——ということになる」

「御託はいい。それより、今日、殺されることが分かってるなら、さっさとこの場所に出向いて、この男を助ける。それだけだ」

真田は、宣言するように言い、素早く立ち上がった。

「やっぱり、単細胞の熱血バカだな」

黒野が、そんな真田を嘲笑《ちょうしょう》する。

「何？」

沸点の低い真田は、すぐに黒野に食ってかかった。

さっき、黒野が相性がいいと言っていたが、公香から見れば、最悪としか言いようがない。

二人は、まるでタイプが違う。水と油だ。

「だから君たちは、失敗を繰り返すんだ」

黒野が冷淡に言いながら、呆《あき》れたように首を左右に振った。

ここまで来ると、黒野は、わざと真田に挑戦的な物言いをしているとしか思えない。

「てめぇ！」

公香は激昂《げきこう》する真田を睨み付ける。真田は、何か言いたそうにしていたが、公香は強引にその腕を引っ張り、ソファーに座らせた。

「少しは大人になりなさいよ」

「余計なお世話だ」

真田が、ふて腐れた子どものように口を尖らせる。

「公香さんは、子守担当なんだね」

また、黒野が余計なことを口にした。

これ以上、下らないやり取りには付き合いきれない。

「どうでもいいけど、早く話を本題に戻してよ」

ため息混じりに言ったところで、ようやく黒野が「そうだったね」と応じる。

「昨晩の事件を思い返してよ。予知された状況と現実の間に、わずかにズレが生じていただろ」

黒野の言う通り、志乃の予知では、殺された男は胸を撃たれていた。しかし、現実には頭に穴を開けられている。

「何で、そうなったの？」

「君たちが、動いたからだよ」

黒野がソファーに深く身体《からだ》を沈め、足を組んだ。

「私たちのせいだって言いたいの？」

「そうまで言わない。けど、君たちの行動が、何らかの変化を与え、結果的に異なる場所を撃つという選択をさせてしまったんだ」

言わんとしていることは分かるが、その意見に納得はできなかった。

「でも、私たちは加害者にも、被害者にも、直接会ってない。その前に、犯行が行われたのよ」

会っていないのだから、加害者の行動に影響を与えることはできない。

「バタフライエフェクトだよ」

黒野が両手で羽根を作り、ひらひらと宙を漂わせる。

「何それ？」

「カオス理論の考え方の一つだ。中国で蝶《ちょう》が舞うと、アメリカで嵐《あらし》が起こる——つまり、ほんの些細《ささい》なことが、思いがけない結果を生むことの喩《たと》えだ」

「我々が、志乃の予知を阻止しようと動いたことが、何らかのかたちで影響を与え、現実との齟齬《そご》が生まれたというわけだな」

まとめるように言ったのは、山縣だった。

黒野は「正解」と、山縣を指差す。いちいち鬱陶《うっとう》しい奴だ。

「さあ、ここで話を戻す。殺されることが分かっている男がいる。で、この男を救うために現場に向かう。その結果は、どうなると思う？　ここでポイントになるのは、相手は犯行のプロだってことね」

黒野がメガネのレンズ越しに、挑むような視線を向けてくる。

さっきまで、おちゃらけて軽薄な男だと思っていたが、こういう顔もするのかと驚いた。

「犯人は、こちらの動きを察知して犯行を断念する。しかし、それは一時的なもので、別の場所で犯行を行う。結果として、導き出される結論は変わらない」

すらすらと答えたのは、真田だった。

まさか、真田が答えるとは思っていなかったらしく、黒野は「へぇ」と感嘆の声を上げた。

「少しは、マシなことが言えるんだね」

「熱血バカだからな」

真田が、黒野の言葉を軽く受け流す。

どうやら、黒野の性格を把握し、対処方法を身に着けたらしい。

「で、結論どうすればいいの？」

「予知された死を阻止するためには、猪突猛進《ちょとつもうしん》で現場に駆けつけて、暴れるだけでなく、誰が、何のために殺すのか——その理由を突き止める方が、効率的だってこと」

黒野が、肩をすくめるようにして言った。

真田との相性は最悪だが、この頭の回転の速さと、物の見方は大きな戦力になるかもしれない。

「あなた、頭がいいのね」

公香が素直に言うと、黒野は謙遜《けんそん》したのか、首を左右に振った。

「違いますよ。公香さんが、アホ過ぎるんです」

「アホって……」

「言い方が悪かったですね。公香さんには、知性が足りない」

——このガキ！

「ぶっ飛ばす！」

公香は、立ち上がり拳《こぶし》を振り上げて威嚇する。

「二人とも、少しは落ち着け」

黙って観察していた山縣が、ため息混じりに言った。

公香は唇を噛み、しぶしぶソファーに座り直し、隣にいる真田と顔を見合わせた。

――私、こいつ嫌いだ。

内心で呟《つぶや》く。公香の考えを悟ったらしい真田は、小さく頷いた。

七

「何で、お前が一緒なんだよ」

真田は、ガレージに向かって歩きながら、吐き捨てるように言った。

「ぼくに怒らないで欲しいな。決めたのは、山縣さんなんだから」

黒野は、相変わらずの緩い笑みを浮かべたまま、真田と並んで歩いている。腹立たしいことに、歩調がピッタリだ。

「で、これからどこに行くんだ？」

ガレージに入ったところで、真田は黒野に訊ねた。

黒野はいけすかない奴だが、その洞察力と分析力は、目を瞠《みは》るものがある。悔しいが、黒野は、志乃の予見した死の運命を阻止するための大きな戦力だ。

ス「聞いてなかったの？　被害者の男が、殺される理由を探しに行くんだ」

ノ「そんなことは、分かってる。おれは、それを調べるために、どこに向かうのかって訊《き》いてんだよ」

ロ「何だ。そういうことね」

ク黒野が、惚《とぼ》けた調子で言う。

つくづく分からない男だと思う。最初に会ったときから、ずっと感じていたことだが、この男は始終ヘラヘラと笑っているクセに、その目だけは異様に冷め切っている。

笑顔の仮面の下に、いったい何を隠しているのか――。

「で、どこに行くんだ？」

「行ってからのお楽しみ」

「何だそれ？」

「熱血バカには、説明するだけ無駄だよ」

黒野は、乾いた笑い声を上げた。

本気で殴りたい衝動に駆られたが、どうにかそれを堪《こら》えた。

「ごちゃごちゃ言ってねぇで、さっさと言え」

真田は、足を止めて詰め寄る。

「うるさいな。とにかく、新宿方面に向かって」

さらに追及しようと思ったが、止《や》めておいた。どうせ、言葉巧みにかわされてしまうだろう。

残念ながら、口では黒野に勝てる気がしない。

「分かった。新宿だな」

真田はポケットから車の鍵を取り出し、黒野に放り投げた。

「これ何？」

鍵を受け取った黒野が、首を傾げる。

「お前は、あれを使え」

真田はガレージに停まっている、メタリックブルーのハイエースを指差し、自分はその隣に停めてあったバイク——MONSTERに跨《またが》った。

「中に無線が積んであるから、細かい指示は、それでしてくれ」

早口に言ったあと、ヘルメットを被《かぶ》り、MONSTERのエンジンを回す。

エンジン音が、ガレージに響きわたる。排気ガスの臭《にお》いと、シートから伝わる振動が、否《いや》が応《おう》でも真田の気分を昂《たか》ぶらせた。

――よし！　行くぞ！

MONSTERを、スタートさせようとしたところで、黒野がスタスタと歩いて来て、何ごとかを言っている。

エンジン音で、何を言っているのか聞き取れない。

「何？」

真田は、一度エンジンを切ってから聞き返した。

「ヘルメット」

「は？」

「ぼくのヘルメットはどこ？」

黒野の言葉に、ぎょっとなった。

「お前、まさかタンデムで乗って行く気じゃねぇだろうな」

「そのつもりだけど」

黒野が平然と答える。

「冗談は止めてくれ」

「何で？　同じ場所に行くんだから、一緒に行った方が、効率がいいだろ」

効率だけで言えばそうだが、タンデムシートに、嫌いな奴、しかも男を乗せることほど気分の悪いものはない。

それに、バイクの二人乗りは、ただ座っていればいいというものではない。タンデムシートに座る側にも、ある程度のテクニックが要求される。

「別に、一緒じゃなくていいだろ」

真田の抗議を無視して、黒野は勝手にMONSTERのタンデムシートに跨った。

もう、動く気はないらしい。

――本当に分からねぇ野郎だ。

真田は、これ以上の抵抗を諦め、ガレージの奥に収納してあるヘルメットを黒野に渡してやった。

準備が整ったところで、真田は、改めてMONSTERに跨り、エンジンを回した。

「しっかり掴《つか》まってろよ」

真田は、言うのと同時に、フルスロットルでMONSTERを走らせた。

急加速したので、振り落とされるかと思ったが、黒野はしっかりとタンデムシートに収まっている。

――本当に嫌な野郎だ。

八

「あの二人で行かせて大丈夫？」

真田と黒野が出て行くのを見送ったあと、公香は山縣に訊《たず》ねた。

「大丈夫だろう」

ソファーに深く身を沈めた山縣は、こともなげに答える。

しかし、公香は彼のように楽観はできない。

「そうかな。私は、かなりヤバイと思うんだけど……」

はっきり言って、真田と黒野は水と油ならぬ、炎と油だ。いつ爆発するか分かったものではない。

「二人とも、子どもじゃないんだから、そう心配することもないさ」

「頭の中は子どもと変わらないわよ」

公香が言うと、山縣が声を上げて笑った。

「それは、どっちに対しての言葉だ？」

「両方よ」

真田が子どもっぽいところがあるのは、前々から知っている。しかし、黒野もなかなかのものだと思う。

知性があるのは分かるが、対人関係においては、とても褒められたものではない。面白がって、わざと相手を怒らせている節がある。

「そうかもしれんな……それでも、何とかしてくれるさ」

「それは、どっちに対しての言葉？」

「両方だよ」

山縣も、黒野とは今日が初対面であるはずなのに、やけに彼を買っているようにみえる。

彼がそうするからには、相応の理由があるような気がする。

「黒野って、警察官なの？」

公香が訊ねると、山縣は困ったように眉《まゆ》を下げた。

「さあな」

山縣らしからぬ、曖昧《あいまい》な回答だ。

「ずっと要望していた、増員があったのは嬉《うれ》しいけど、何で黒野だったの？」

「いろいろあるんだろ」

「いろいろって何?」

公香は、じっと山縣を見据える。

彼は、それから逃げるように視線を逸《そ》らした。やはり、何か隠している。

公香たちは、志乃の予知した死の運命を、防犯という立場から阻止するために、警察組織に取り込まれた。

正確には、業務委託契約――ということになる。

警察が、そうした方法を取ったのは、核爆弾のテロ以降、志乃の予知する夢の重要性を認識しつつも、正式にそれを認めるわけにはいかないという事情があった。

故に、公香たちは表向き、警察とは無関係だし、何かあったらすぐに斬り捨てられるという危うさもある。

そんなところに、自ら望んで入りたがるバカはいない。黒野は、何か問題を起こし、警察から左遷《させん》されて来たのではないか――と考えていた。

「それより、私たちも事件を追うぞ」

山縣は会話を断ち切るように、立ち上がった。

こうなると、山縣はいくら問い詰めたところで、何も話してくれないだろう。公香も諦《あきら》めて席を立った。

「で、何から始める?」

山縣の指示で、真田と黒野は、被害者が誰で、なぜ殺されるのかを追っている。一方の公香たちは、加害者の男が何者かを追うのが役割だ。しかし、公香たちは捜査のプロではないのでノウハウがない。この人員では、人海戦術を使った聞き込みができるわけでもない。

そうなると、何から始めたらいいのか分からないというのが本音だ。

「公香は、映像の解析を頼む」

「解析って——さっき、黒野がやってたでしょ」

「黒野が、全てを喋《しゃべ》ったとは思えない」

「それってどういう意味?」

公香が訊ねると、山縣は困ったように眉根を寄せる。それだけで充分だった。

「分かった。で、山縣さんはどうするの?」

「柴崎《しばざき》君に、昨晩殺された野呂義一の周辺調査を頼んでおいたんだ。彼に会って話を聞いてみる」

「殺されちゃったあとは、警察が捜査を引き継ぐんじゃなかったっけ?」

公香たちの仕事は、予知された死を止めることまで。そのあとは、警察が捜査を引き継ぐ——そういう契約だ。

「便宜上はな。だが、どうも引っかかる」

山縣の細い目の奥にある瞳《ひとみ》が、鋭い光を放った。

普段は、安物のスーツに、よれたワイシャツ。無精ひげを生やし、猫背気味で、冴《さ》えない風貌《ふうぼう》だが、かつて鬼と畏《おそ》れられた刑事だ。犯罪の手口は熟知していると言っていい。

公香自身、慣れ過ぎていたせいで、山縣の本当の姿を見失っていたのかもしれない。

「引っかかるって何が？」

「それが分かれば、苦労はしない。とにかく、あとは頼んだ」

山縣は、それだけ言うと背中を丸めて部屋を出て行ってしまった。

九

「お前って、警察官なのか？」

真田は、ＭＯＮＳＴＥＲを走らせながら、タンデムシートの黒野に訊ねた。

〈ちょっと違う〉

黒野の声が返って来た。

ヘルメットに内蔵されたイヤホンマイクを無線につなぎ、バイクの走行中でも会話ができるようになっている。

「何が、どう違うんだ?」

〈君たちと、似たようなものだ〉

「何だそれ?」

〈少しは、自分の頭で考えた方がいい〉

黒野が真田のヘルメットをコツコツと叩《たた》いた。

——気に入らない野郎だ。

「お前、友だちいないだろ」

〈何でそんなことを知りたい?〉

まさか、そんな風に返されるとは、思ってもみなかった。

「これからチームを組むんだ。相手のことを知っておいた方がいいだろ」

〈話すようなことは、何もない〉

「は?」

〈ぼくの人生は、ずいぶん前に終わってるからね〉

黒野の声のトーンに、一瞬だけ哀《かな》しみが混じったように感じた。

「どういう意味だ？」

〈今の道を右だ〉

「何？」

〈だから、今の道を右だって言ったんだ〉

もうとっくに通り過ぎてしまっている。

「もっと早く言え」

〈君が無駄話をするから、タイミングを逃したんだ〉

——まったく。この野郎は。

真田は、ブレーキをかけてＭＯＮＳＴＥＲでドリフトターンを決める。不意を突いたはずだが、ここでも黒野は振り落とされることなく、タンデムに収まっていた。

——やっぱり嫌な野郎だ。

真田は、指示された道を曲がり、黒野に指定されたマンションの前でＭＯＮＳＴＥＲを停めた。

新宿御苑の近くにある、いかにも高級そうな高層マンションで、都心の好立地にありながら、しっかりと中庭まである。

「ここに誰がいるんだ？」

真田は、バイクを降りてヘルメットを脱ぎながら黒野に訊ねた。

「歩きながら話すよ」

黒野は、そう告げると、真田にヘルメットを押しつけ、エントランスに向かってさっさと歩いて行ってしまった。

その背中に、ヘルメットを投げつけてやろうかと思ったが、辛うじて踏み留まった。下らないことで、ヘルメットに傷をつけたくない。

真田は、舌打ちをしてから、黒野のあとを追いかけた。

「警察庁の黒野と申します……昨晩の事件について、少しお話を伺いたいと思いまして……」

黒野が、エントランス前に設置されたインターホンに、丁寧な口調で呼びかけている。

こういうしっかりした応対ができるクセに、真田の前では、ああもふざけた態度を取っていたのかと思うと、無性に腹が立った。

しばらくして、エントランスの自動ドアが開いた。

「さて、行きますか」

黒野は、ニコリと笑うと、悠然とマンションの中に入って行く。

「今、昨晩の事件についてって言ってたけど、あれはどういうことだ？」

真田は、黒野の背中を追いかけながら訊ねた。

「応用力はないけど、洞察力は、それなりにあるようだね」

またもや挑戦的な物言いだ。

こんな皮肉屋の言葉を、いちいち真に受けていたら、そのうち胃に穴が空く。

「お前に、褒められるとは思わなかったよ」

「まさか。ぼくが君を褒めるわけないじゃないか」

「そうだったな——で、そろそろ最初の質問に答えろよ。誰に会いに行こうとしてるんだ？」

エレベーターに乗り、扉が閉まったところで、改めて疑問を口にした。

黒野は、口角を吊《っ》り上げてニヤリと笑う。

「野呂海運の取締役」

「なるほどね」

真田は、合点がいって頷いた。

昨晩、真田が助けられなかった男は、海運会社の社長である、野呂義一という男だった。

彼は麻薬密輸に手を染めていた疑いがある。もし、昨晩の事件が、その利権にからむものだとしたら、同じ会社の役員が何か知っているかもしれないというわけだ。

「でも、何で昨晩の事件を調べるんだ？」

真田が訊ねると、黒野が大げさにため息を吐いてみせた。

「まだ気付かないのか？」

「何に？」

「彼女が、ただランダムに他人の死を予知しているとでも、思っているのか？」

メガネ越しに向けられた黒野の目は、獲物を狙う猛禽類《もうきんるい》のように、冷たく獰猛《どうもう》な光を帯びていた。

その迫力に、真田は一瞬、息が止まった。

この男は、薄ら笑いの仮面の下に、モンスターを飼っているのではないかとすら思える。

「法則があるってことか？」

「ぼくは、そう考えている。単発の事件ではなく、彼女が予知する死は、何らかのかたちでつながりを持っているはずだ」

言われてみればそうだった。

ただのランダムなら、計画的に行われる全ての死を、予知していなければならない。志乃が、眠りにつく前の事件にしてもそうだった。全てにつながりがあった。そのトリガーになったのは、おそらく事件関係者との接触だろう。

だが、今の志乃にはそれがない。では、どんな法則で志乃は死を予見しているのか――。

エレベーターが目的階に到着した。

黒野は廊下を真っ直《す》ぐ進み、中ほどにあるドアの前で立ち止まり、インターホンを押した。

すぐにドアが開き、三十代半ばと思われる男が顔を出した。

しっかりと折り目のついた白いシャツに、紺のスラックスという落ち着いた出《い》で立《た》ちだった。

「どうも。突然に、すみません」

黒野は笑みを浮かべながら、丁寧に頭を下げる。

男が「どうぞ」と招き入れる。真田は、黒野と部屋に入った。微《かす》かに煙草《たばこ》の臭いがした。

玄関を上がってすぐ、広いリビングになっていた。黒を基調とした家具が、綺麗《きれい》に並び、部屋の中には塵《ちり》一つ落ちていなかった。潔癖なのかもしれない。

男が差し出した名刺を受け取ったあと、黒野と並んでソファーに腰かけた。

名刺には、勝俣秀巳《かつまたひでみ》とあった。

「社長を殺した犯人は、自殺したそうですね……」

神妙な面持ちで、勝俣が切り出した。

「ええ。おかげで、事件捜査が難航していまして……」

黒野が、当たり障《さわ》りのない受け答えをする。

「そうですか……昨晩も話しましたが、社長が殺される理由には、皆目心当たりがありません……」

勝俣が小さく首を振る。膝《ひざ》の上に置いた両拳が、小刻みに揺れている。

哀しみと怒りを表現しているらしいが、真田には、それが演技に見えてしまった。

「実は、今日、お伺いしたのは、昨晩の事件のことではないんです」

黒野が、例の笑顔で言った。

「違うんですか？」

勝俣が、少し驚いた顔をした。

「ええ。あなた自身のことなんです」

黒野の言葉に、勝俣の驚きが、より一層強いものに変わる。

「私自身……ですか」

「ええ。あなたは、昨晩の事件を知っていましたね」

黒野が飄々《ひょうひょう》と言い放った。

——こいつ、何を言っているんだ？

真田は、驚きで目を丸くした。

勝俣の方も、唐突な話の流れについていけないらしく、半ば呆然《ぼうぜん》としている。

それでも、黒野は相変わらずうっすら笑みを浮かべている。ふざけているとしか思えない。

「今、何と仰《おっしゃ》いました？」

勝俣が眉を顰《ひそ》める。

「ですから、あなたは昨晩の事件を知っていましたよね。あなたが計画したんですか？」

「い、いきなり、何ですか？」

勝俣は、明らかに狼狽《ろうばい》していた。

突然、人殺し呼ばわりされたのでは、そうなって然《しか》るべきだ。

「いきなりじゃありません。いろいろ調べたんです。アメリカ大使公邸の爆破のこととか……」

「君は、何を言っているんだ?」

「心当たりはありませんか?」

「あるわけないだろ」

勝俣は、苛立《いらだ》ちの滲《にじ》む声で言った。

「そうですか。では、これで失礼します」

黒野は一礼して立ち上がると、そのまま玄関に向かった。

――何なんだ!

真田は、怒りを呑《の》み込んで黒野のあとを追おうとしたが、不意に彼は足を止めた。

「そうだ。何か思い出したら、連絡を下さい。今、話した件は、ぼくたち二人しか知りません。交渉したいこともあるでしょ」

黒野は、それだけ言い残して歩いて行った。

十

「男って、何でああも勝手なのかしらね」

公香はぼやきながら、モニタリングルームの椅子《いす》に腰かけた。

「何かあったんですか?」

隣で作業をしていた塔子が、パソコンのモニターを見つめたまま訊ねてきた。

塔子は、つるんとした卵顔で、おっとりとした印象がある。化粧もほとんどしておらず、地味な顔立ちであるが、そのナチュラルな感じが彼女の魅力の一つでもある。が、本人はそうだとは意識していないだろう。

「山縣さんよ。映像を解析しておけって簡単に言うけどさ、どうすればいいのかさっぱりよ。少しは、説明して欲しいわね」

公香が早口に言うと、塔子は頬を緩めた。

「公香さんのことを、信頼しているんですよ」

「そうは思えないけど」

「気付いていないだけですよ。山縣さんは、口下手な人ですから」

「だと、いいんだけど……」

「で、山縣さんはどこかに行ったんですか？」

「情報収集だって」

「そうですか。真田さんは？」

モニターを注視していた塔子の目が、公香に向けられた。

眉尻《まゆじり》が少し下がり、頼りないというか、すがるような視線に見える。

こういう表情を見ると、必ず志乃のことを思い出す。塔子と志乃は、顔はそれほど似ていないが、醸《かも》し出す雰囲気はよく似ている。

「黒野と一緒に、捜査に行ったわ」

「あの二人、大丈夫ですか？」

塔子が、上ずった声で訊ねて来た。

そう思うのは当然だろう。無鉄砲で直情型の真田と、インテリだが、人の気分を逆《さか》撫《な》でする才能を持った黒野の相性は、誰の目から見ても最悪だ。

「山縣さんは、大丈夫だって」

「山縣さんが言うなら、そうなんでしょうね」

そうは言ったものの、塔子から心配の種が消えたわけではないらしく、困ったような表情を浮かべたままだ。

「まあ、ケンカするほど仲がいいって言うしね」

「そうですね……それで、解析する映像は、どっちですか？」

塔子は小さく笑ったあと、気持ちを切り替えたのか、引き締まった表情で訊ねてきた。

「路地の男の方よ」

「分かりました」

塔子は、返事をするのと同時に、モニターに路地の映像を呼び出した。

こちらの意図を察して、素早く対応する。普段からこういう気配りができる。そういえば志乃もそうだった。

「ねえ、塔子さん」

「はい」

「志乃ちゃんは、目覚めると思う？」

公香は、口にしてから後悔した。

おそらく塔子は真田に惹《ひ》かれている。本人も気付いていないかもしれないが、自然とその目が真田を追っていることがある。

それが、分かっていながら、こういう質問をするのは、意地悪なのかもしれない。

「現状では分かりません」

そう答えた塔子の声は、どこか暗かった。

「そうよね」

「でも……私個人の感情で言えば、目覚めて欲しいです。このままだと、彼女は死ぬまで悪夢の世界に縛られたままです。そんな哀しいことはありません。それに、真田さんも、このままでは浮かばれません」

嘘《うそ》偽りのない、塔子の本心であると公香は感じた。

自分の感情を押し殺して、他人の幸せを願う——こういうところも、やはり志乃に似ている。

「そうね。目覚めて欲しいわね」

公香が同意を示したところで、警告音が鳴った。

ガラスの向こうに目を向けると、志乃が入っているコクーンに取り付けられた赤いランプが、明滅を繰り返している。

「また、夢を感知したの？」

「おそらく」

塔子は返事をしながら、素早く作業を開始する。

「早くない？」

公香は、ぬるぬるとした不快感を抱きながら口にした。

二つの予知を同時にしてから、わずか数時間で次の夢を感知するなんて——今まで、こんなハイペースだったことは一度もない。

「何だか嫌な予感がします」

塔子の額には、うっすらと汗が滲んでいた。

公香も塔子と同じように、嫌な予感がしていた。何か、今までに経験したことのない、想定外のことが起きている——。

息を呑んで、公香は塔子の作業を見守った。

「映像、出ます」

しばらくして、作業を終えた塔子が言った。

モニターに、映像が映し出される。その映像を見て、公香は絶句した。

嫌な予感は、最悪のかたちで的中していた——。

十一

「今のは、どういうことだ？」

勝俣の部屋を出るなり、真田は黒野の背中に向かって問いかけた。

だが、黒野は足を止めるどころか、質問に答えようともせず、黙々と歩みを進め、エレベーターに乗り込んでしまった。

「どういうことか、説明しろ！」

真田は、同じようにエレベーターに乗り込み、勢いよく黒野に詰め寄った。

扉が閉まり、エレベーターが下降を始める。

「おい！」

真田は、黒野の腕を摑んだ。

そこまでして、ようやく黒野が顔を上げた。そこに張り付いていたのは、緩い笑みではなく、ぞっとするほど冷たい無表情だった。

「これでいいんだよ」

黒野は満足げに言うと、指先でメガネを押し上げた。

――何がいいもんか。

「何で、勝俣にあんなこと言ったんだ？」

真田が訊ねると、黒野がにいっと白い歯を見せて、得意げに笑ってみせた。

「何でって――彼が昨晩の事件に関与していたからに、決まってるだろ」

「何だと！」

「大きな声を出すなよ。ついでに、勝俣は志乃が予知した殺人の、犯人でもある」

「なっ……お前、自分の言っていることの意味が、分かってんのか？」

「もちろん」

黒野は自信たっぷりに頷《うなず》く。

つくづく何を考えているのか、分からない男だ。

「何を、根拠に言ってんだ？」

「それはあとで話してあげるよ」

黒野は、メガネの奥で目を細めて笑っている。

「ふざけやがって……」

「とにかく、そういうことだから」

黒野はあくまで飄々としている。

「ちょっと待て。仮に勝俣が犯人なら、あんなにストレートに追及するのは、マズかったんじゃねぇのか？」

「分かってないな」

「何が？」

真田が詰め寄ると、黒野はいつもの緩い笑みを浮かべた。

「彼女が予知した未来は、絶対的なものではない」

「それがどうした」

そんなことは、改めて黒野に言われるまでもなく分かっている。

昨晩の野呂の件も、死という結果は変わらなかったが、そこにわずかな齟齬《そご》が生まれた。つまり、自分たちの行動次第で、予知は変えられる――ということだ。

そもそも、そう信じていなければ、命懸けでこんなことをやったりはしない。

「ぼくが思うに、彼女の予知は、彼女が予知しないことを前提に、想定された未来だ」

「回りくどい言い方だな」

「そうか。君は、熱血バカだったね」

「ぶっ飛ばすぞ」

真田が拳を振り上げたところで、エレベーターの扉が開いた。

黒野はエレベーターを出て、歩みを進める。

「いい加減、何を企《たくら》んでいるのか、言えよ」

真田は、エレベーターを降りながら黒野の背中に呼びかける。

「予知を逆手にとって、未来をコントロールできたら、面白いと思わないか？」

背中を向けたまま黒野が言った。

――こいつ、まさか？

いや、間違いない。勝俣の部屋でのやり取りは、計算して行われたものだ。

とんでもない発想の転換だ。だが、今まで真田たちが思いもよらなかった、とっておきの方法でもある。

「気付いたみたいだね」

足を止めて黒野が言った。

口角を吊り上げて笑う黒野の顔が、まるで悪魔のように見えた。

もしかしたら、自分たちは、とんでもない男を抱え込んでしまったのではないか
――そう思うと、背筋に寒いものが走った。

「失敗するかもしれないんだぞ」

真田は、黒野を見据えた。

もし、自分の推測が正しいのだとしたら、黒野はとてつもなく危険な賭《か》けをしようとしている。

「分かってるよ。でも、勝算はある」

この口ぶり——やはり、真田の睨《にら》んだ通りのことを考えているらしい。

「だからって……」

「まあ、いいじゃない。何とかなるよ」

そう言った黒野の目は、今の状況を心の底から楽しんでいるかのようだった。

この男は、やはり何かが欠けている。

人として必要な何か——。

十二

山縣は、路上に立っている柴崎の姿を見つけ、メタリックブルーのハイエースを路肩に停車させた。

「お久しぶりです」

助手席に乗り込みながら、柴崎が言う。

柴崎は、新宿署の組織犯罪対策課の刑事で、かつて山縣の部下だった男でもある。山縣たちが探偵だった頃から、いろいろな事件で顔を合せている、よき理解者であり協力者だ。

「妙なことを頼んで、すまなかったな」

「いえ。気にしないで下さい。しかし、厄介な立場ですね」

柴崎は、同情するような視線を山縣に向けた。

彼は、山縣たちの置かれている現状を知る数少ない人物の一人だ。

「そうだな」

山縣は自嘲《じちょう》気味に笑った。

——自分たちは、いつまでこんなことを続けていけばいいのか？

後悔はある。むしろ、その方が大きいくらいだ。しかし、今さら後戻りもできない。

山縣は、頭に浮かんだ疑問を振り払って車をスタートさせた。

「それで、どうだった？」

山縣が訊ねる。

「いろいろ分かりました。公安は、かねてから野呂に目をつけていたようです」

「鈴本《すずもと》君か？」

山縣は、情報源であろう公安部の刑事の名を挙げた。ある事件をきっかけに関わりを持ち、山縣たちとは因縁浅からぬ人物だ。感情が希薄で掴みどころがないが、信頼のおける人物でもある。

「ええ」

「なぜ、公安が野呂に目をつけていた？」

「どうやら、彼には海外のマフィアとつながりがあるという噂《うわさ》があったようです」

「野呂海運か……」

山縣が呟《つぶや》くように言うと、柴崎が頷いた。

そこまでの情報は、唐沢から得ていた。山縣が欲しているのは、その先の情報だ。それを察したのか、柴崎が話を続ける。

「公安が疑うきっかけになったのが、この男です」

柴崎は、そう言って一枚の写真を差し出した。

信号待ちの間に、山縣はその写真に目を向ける。そこには、隠し撮りしたと思われる、一人の男が映っていた。

身なりはいいが、この男が堅気でないことは、その雰囲気から伝わってくる。

「誰だ？」

「この男は、日本名を名乗ってはいますが、実際は中国人です」

「在日ってことか……」

「いえ、彼が入国したのは、ごく最近のようです。人民解放軍の諜報部《ちょうほうぶ》に所属した元兵士です」

柴崎の言葉に、山縣ははっと顔を上げた。

いつの間にか信号が青に変わっていた。山縣は、車をスタートさせ、深呼吸をした。

「スパイ——ということか」

「ええ」

人民解放軍のスパイがからんでいるとなると、この事件は自分たちの手に負えるような代物《しろもの》ではない。

「本名は、ファン・クーチアン。日本語が堪能《たんのう》で、話しているだけで区別をつけるのは難しいです。ナイフの使い手で、暗殺も手がけているようです」

柴崎の説明を聞けば聞くほど、気分が重くなる。

真田たちを、危険な目に遭わせたくない——そう思って、隠れるように生活してきたはずなのに、様々な事件に巻き込まれ、何度も命の危険に晒《さら》してしまった。

挙げ句の果てに、今では警察にいいように利用される始末だ。

——情けない。

山縣は、唇を引き結んだ。

「自分を責めるのは、止《や》めて下さい」

柴崎は、山縣の心中を読み取ったらしい。

「責めたくもなるさ」

「気持ちは分かります。でも、山縣さんの選択は、間違っていなかったと思います」

「そうだろうか？」

今に至るも、自信が持てずにいる。

「そうです。あの計画は、多くの命を救うことができるんです。それこそ、形骸化《けいがいか》した警察の防犯という観点に、もっとも近い存在です」

「その代償として、命を差し出すことになっても——か？」

「それは、私たちも同じです」

柴崎が険しい顔で言った。

警察官なら、誰しも命の危機に晒されている。その当たり前の事実を、改めて突きつけられたような気がした。

「そうかもしれないな……もう一つ、頼んでいいか？」

「何です？」

「ある男の素性を調べて欲しい」

「誰です？」

「黒野武人――今日、うちに配属された男だ」

「警察官ですよね。だったら、調べる必要はありませんよ」

「いや、おそらく黒野は警察官ではない」

「どういうことです？」

柴崎が怪訝《けげん》な顔をした。

短い時間ではあるが、彼が優秀なのは充分に理解した。しかし、おそらく彼は警察の人間ではない。

なぜなら――。

説明をしようとしたところで、携帯電話に着信があった。

「山縣だ」

ハンズフリーの機能を使って電話に出る。

〈山縣さん！　大変！〉

逼迫《ひっぱく》した公香の声が、耳に突き刺さる。

「落ち着け」

窘《たしな》めながらも、山縣の胸には不安が大きく広がっていく。

公香もそれなりに修羅場を潜《くぐ》って来た。多少のことでは狼狽《うろた》えない。その公香が、ここまで過剰に反応するのは、相当なことが起きた証拠だ。

〈分かってる。でも、本当に大変なの〉

「何があった？」

〈志乃ちゃんが、また予知夢を見たの〉

「何だと？」

この報告には、さすがの山縣も驚きを隠せなかった。

今まで、こんなにも早いペースで予知をしたことはなかった。自分たちが想像もつかない何かが起きている——。

〈しかも、殺されるのは、あの二人なの！〉

「あの二人って……」

〈とにかく、メールで映像データを送ってあるから、すぐに確認して〉

「分かった」

電話を切った山縣は、すぐに車を停車させ、タブレット端末を操作し、メールソフトを立ち上げる。

受信したメールに添付されている、映像データを再生させた。

その映像を見て、山縣は絶句した。

十三

真田は、黒野とマンション近くにある喫茶店で、顔を突き合わせていた。

目の前には、珈琲《コーヒー》が置かれているが、飲む気にはなれない。

テーブルの上では、真田の携帯電話が鳴っている。表示されているのは、公香の番号だった。

「出なくていいよ」

真田が携帯電話に手を伸ばそうとすると、黒野が鋭く言った。

「何で？」

「バタフライエフェクトの話をしただろ」

「ああ」

中国で蝶《ちょう》が羽ばたくと、アメリカでハリケーンが起こる――些細《ささい》なことが、思いもよらぬ事象を引き起こすことの喩《たと》えだ。

「変化は、最小限に抑えた方がいい」

理屈は分かるが、本当にそれでいいのか――今の真田には判断できない。

「うるさいから、切っておこう」

黒野は真田の携帯電話を取り上げると、電源を切ってしまった。

――勝手な野郎だ。

苛立ちはあったが、真田はそれより黒野に聞きたいことがあった。

「お前、何で勝俣が犯人だって踏んだんだ？」

その理由をまだ聞いていなかった。志乃の予知した映像では、犯人の顔がはっきり見えたわけではない。あれだけで特定したとは考え難い。

「いちいち説明するまでもない。状況から推察すれば、それしか考えられない」

「分かるように説明しろ」

「だから、彼女が予知する夢は、つながりのある一連の事件なんだ。それは、過去の事案からも分かっている」

「ああ」

「そうなると、今回の予知夢も、昨晩の事件と関連があると考えるのが妥当だ」

そこまでは真田にも分かる。問題は、その先だ。

「それが、どうして勝俣になるんだ？」

「勝俣が野呂海運に役員として就任したのは、二年ほど前だ。あの規模の会社なら、従業員から昇進していって、役員になるというのが普通だ。だけど、勝俣は違った」

「いきなり、役員として登用されたってことか？」

「そういうこと」

黒野が、指をパチンと鳴らす。

「何で？」

「野呂海運が、麻薬密輸に手を染めていた可能性があるというのは、情報として知っているね」

「ああ」

「野呂海運も、最初から密輸を生業にしていたわけじゃない。おそらく、勝俣が来てからだ」

「なぜ、そうだと分かる？」

「決算書を見たんだ。二年前まで、大幅な赤字。倒産寸前だった。それが、勝俣が来てから一気に黒字に転換したんだ」

「その背景に、麻薬密輸がある——そういうことか?」

真田が訊《たず》ねると、黒野が大きく頷いた。

「勝俣が、裏社会とのつなぎをやったとみて間違いないだろうね」

殺された野呂と、勝俣は社長と役員という関係だったが、実際は勝俣を通して裏社会とつながっていたというわけか。

「だとしたら、野呂を殺害したのは、敵対する組織の仕業じゃないのか?」

「それは違う。もし、そうだとしたら、勝俣が真っ先に報復に走るはずだ。しかし、彼は悠長に構えていた。つまり、野呂殺害は、彼の手引きによるものだと考えるのが妥当だ」

「まあ、そうだな」

黒野の読みは、筋が通っているように思える。

「本当は、会ってみるまで確信はできなかったんだけどね」

黒野が、カラカラと乾いた笑い声を上げる。

「何?」

「見ただろ」

「何を？」

「彼の手だよ。タコが出来ていた。あれは、ナイフ使いによくできるやつだ」

全然気付かなかった。

あの短い時間で、そこまで観察しているとは——さすがに真田も驚きで言葉が出ない。

「それと、彼の身体《からだ》に着いていた臭《にお》い」

黒野が鼻をクンクンと鳴らす。

「煙草か？」

それは真田も気付いた。香水に混じって、微かに煙草の臭いがした。

「そう。煙草の臭い。日本のじゃない。中国製だ。彼は、日本人じゃない」

——とんでもない奴《やつ》だ。

それが真田の素直な感想だった。洞察力もさることながら、それを分析し、瞬時に結論を導き出す能力は、凄《すご》いの一言に尽きる。

「それより、例の眠れる森の美女は、君の恋人だったたって本当？」

黒野が、唐突に質問して来た。

眠れる森の美女が、誰を指す言葉かは、いちいち問わなくても分かる。志乃のことだ。

「そんなんじゃねぇよ」

真田は苦い顔で答えた。

今、一番触れて欲しくない話題だ。志乃のことを考えると、後悔に押し潰《つぶ》されてしまいそうになるからだ。

山縣も公香も、そのことを分かっているから、決して口にはしない。

それをこの男は、ズケズケと土足で踏み込んで来る。

「じゃあ何？」

「何でもねぇ」

「今、赤くなった？」

黒野が、真田の顔を覗《のぞ》き込んで来る。

「なってねぇ！　いい加減にしねぇと、ぶち殺すぞ！」

激昂《げきこう》してみたものの、黒野がその程度で怯《おび》える男じゃないことは、この短時間で充分過ぎるほどに理解していた。

「想像してた以上に、純情だね」

「このガキ……」

限界に達した怒りをぶつけようとしたところで、黒野の携帯電話に着信があった。

緊張が走り、真田は息を潜めた。

「ああ。分かった……そうだね。ぼくたちも、話したいことがある。大丈夫、悪いようにはしないから……分かった。じゃあ三十分後に――」

真田は、憮然《ぶぜん》とした顔で、黒野が電話を終えるのを待った。

「釣れたよ」

電話を切った黒野が、満面の笑みで言う。

「魚みたいに言うんじゃねぇよ！」

「そう怒るなよ。ぼくたちは、これから運命を変えようとしているんだ」

「自分をエサにしてか？」

「上手《うま》いこと言うね」

「黙れ」

「それで、どうする？　今から引き返すこともできるよ」

黒野が、ずいっと真田に顔を近付けた。

普段はヘラヘラと笑っているクセに、こういうときは、やけに挑発的な顔をする。

――こいつを信じていいのか？

真田は、改めて問いかける。

洞察力や分析力に関しては、相当に優れていると思う。が、常に笑みを湛《たた》えたその奥の感情が見えて来ない。

そればかりか、今回の件に関しては、真田をも欺《あざむ》いていた。だが、それでも――。

「今さら、引き返せるかよ」

「そう言うと思った。じゃあ、頑張ってね」

黒野が、バイバイという風に手を振る。

「行かないのか？」

「ぼくはね」

「何だと？」

「ここからは、ぼくの管轄《かんかつ》じゃない」

「は？」

「狙《ねら》いを定めるのは、ぼくの仕事。あとは、弾丸である君が、仕留めればいい」

――人を鉄砲玉みたいに言いやがって！

真田は、爆発しそうになる怒りを、ぐっと腹の底に押し留めた。

自分で種を蒔《ま》いておいて、後始末を全部押しつけようなんて、虫が良すぎる話だ。

ここまで来たら、どうあっても最後まで付き合ってもらう。

「来い！」

真田は、強引に黒野の腕を引っ張って歩き出した。

十四

薄暗い廃ビルのような場所だった。

壁は煤《すす》けて黒ずみ、窓ガラスは全《すべ》て砕けていて、梁《はり》が剝《む》き出しになった天井は、照明器具の類《たぐい》が取り外されていた。

そこに、二人の青年が立っている。真田と黒野だった。

彼らの前に、もう一人スーツを着た男がいた。

彼が、手を挙げて何かを合図する。

次の瞬間——黒野が大きく仰《の》け反《ぞ》ったかと思うと、そのまま仰向《あおむ》けに倒れた。

流れ出した血が、コンクリートの床を赤く染めていく。

柱の陰から、もう一人男が現われた。

その手には拳銃《けんじゅう》が握られている。

真田は、拳銃を突きつけられて、身動きが取れない状態だ。

スーツの男が歩み寄って来た。

彼の手には、ナイフが握られていた。

ナイフの切っ先が、横一文字に真田の首を切り裂いた。

首から血飛沫《ちしぶき》を噴き上げた真田は、崩れるように倒れ、そのまま絶命した――。


改めて映像を見返した公香は、思わず息を呑み込んだ。

志乃が予知したのは、あろうことか、真田と黒野の死だった――。

「何で、こんなことに……」

塔子の声は、かわいそうなくらい震えていた。

「大丈夫。何とかなる」

公香は、塔子の肩をぐっと引き寄せた。

だが、現状では根拠のない慰めに過ぎない。何とかして、この状況を打破しなければならない。すぐに駆けつけたい衝動に駆られたが、この映像だけでは、真田たちのいる場所すら分からない。

黒野がいれば、場所の特定くらいは出来たかもしれないが、映像の中では、その黒野が真っ先に殺されるのだ。

仮に、駆けつけることができたとして、助けられるという保証はない。

相手はただのチンピラではない。殺すまでの過程に、一切の躊躇《ためら》いがない。流れ作業のように、無感情に人の命を奪っている。間違いなく、その道のプロだ。

——せめて、真田たちに危機を報《しら》せることができれば。

「真田はどこだ？」

モニタリングルームのドアが勢いよく開き、山縣が飛び込んで来た。

「それが……」

塔子が口ごもる。

何かを察したらしく、山縣の表情が歪《ゆが》んだ。

「連絡が取れないの。携帯の電源も切れちゃったみたいで……」

公香が言うと、山縣が「クソっ！」と吐き捨てた。普段の彼からは、想像もつかない態度だった。

それだけ、苛立《いらだ》ちが募っているということだ。

「あのバカは、どこで何をやっている？」

「分からない。黒野と出て行ったきり、連絡がなかったし……」

「何で、こんなことに……」

強く握られた山縣の拳《こぶし》が、小刻みに震えていた。今にも、血管が切れてしまいそうなほどだ。

「どうすればいいの？」

「映像から、真田たちの居場所を探すしかない」

「さっきからやってるわ。でも……」

情報があまりに少なすぎて、自分たちだけでは、場所を特定することができない。

「それでも、やるんだ！」

山縣の怒声が、部屋に響く。

目が覚める思いだった。ここで、こうして悲観していても、何も始まらない。

「そうね。やるしかないわね」

返事とともに、すぐに作業に取りかかった公香だったが、その胸の内は、どんよりと暗く濁っていた。

――間に合わない。

心のどこかで、そう思ってしまっていた。

十五

真田は、新宿と新大久保の間にある、廃墟《はいきょ》と化したビルの中にいた。昼間の時間帯であるにもかかわらず薄暗く、気味の悪い場所だ。壁のあちこちに、スプレーで落書きがしてあった。

隣に立つ黒野は、退屈そうに壁に背中を預けている。

「来ると思うか？」

「そりゃ来るでしょ。向こうが指定したんだから」

真田の問いかけに、黒野はいつもの笑顔で答えた。

彼は終始この調子で、まるで緊張感がない。こっちまで釣られてしまいそうだ。ため息を吐《つ》いたところで、一人の男がビルの中に入って来た。

黒いスーツを着た男だ。

薄暗い中でも、その顔に見覚えがあった。勝俣だ。

「やっぱり来ましたね」

黒野が、壁から背中を離し、にこやかに言う。

「ああ」

短く答えた勝俣の目は、さっき会ったときとは、まるで別人だった。陰湿で冷徹な獣——といったところだ。

おそらく、これこそが、この男の本性なのだろう。

あのマンションで勝俣を取り押さえることもできた。そうすれば、犯行を阻止することができるが、それでは意味がない。実行に移す前なら、いくらでも言い逃れが出来るからだ。

犯行現場で張り込んだとしても、それがバレれば警戒され、犯行場所や手口を変えられてしまう。

そうやってイタチごっこをしていても、予知された運命は変えられない。

そこで、黒野はある策を講じた。

勝俣に揺さぶりをかけて、標的を自分たちに変えさせたのだ。向こうから接近させることで、運命を変えてしまおうという大胆でトリッキーな発想だ。

今までの真田たちは、殺される人間を救う——ということだけを考えて行動して来た。

運命の流れそのものを変えてしまおうなど、考えもしなかった。

黒野の計略に、舌を巻くと同時に、怖《おそ》ろしいとも感じていた。

「あなたたちは、どこまで知っているんですか?」

勝俣が切り出した。

丁寧だが、凄みのある口調だ。

「実を言うとね、詳しくは何も知らないんだ。だから、いろいろ教えてもらおうと思ってね」

黒野は、この緊迫した場面でも、一切動じることはなかった。

肝が据わっているというより、海に浮かぶクラゲのように、ふわふわと漂っているといった感じだ。

真田たちの背後で、微《かす》かに靴音がした。

「それは本当か?」

「まあ、知っていることと言えば、あなたがファン・クーチアンだってことくらいかな。それと、今日の夜に、誰かを殺そうとしているってこと」

勝俣の眉《まゆ》が、微かに動いた。

驚いているのだろう。どこから情報が漏れたのか、必死に頭を巡らせているに違いない。

しばらくの沈黙のあと、勝俣はクックッと声を上げて笑い始めた。

「何がおかしい？」

真田が訊ねると、勝俣は刺すような視線を向けて来た。

数々の修羅場を潜り抜けて来た――そんな目をしている。元警察官か軍人といったところだろう。

「ブラフだな」

勝俣は、小さく首を左右に振った。

「何？」

「どうやら、あなたたちは何も知らないらしい」

勝俣が真田を睨む。瞳《ひとみ》の中に眠る残虐性《ざんぎゃくせい》が目覚めたらしい。

「バレちゃったみたいだね」

黒野は、そんなことはお構い無しにおどけてみせる。

「悪いけど、強請《ゆす》るには相手が悪かったようだね」

勝俣が手を挙げて合図をする。

真田の視界の隅で、何かが動いた。

――マズイ。

思ったときには遅かった。柱の陰から男が姿を現わし、黒野の背後に立った。

その手には、拳銃が握られていた。SIG SAUER P230だ。日本の警察の一部でも導入されているセミオートの小型拳銃だ。

「黒野！」

真田が叫ぶより早く、男は引き金を引いた。

至近距離で背中を撃たれた黒野は、大きく仰け反ったあと、ゆっくりとコンクリートの床の上に崩れ落ちた。

——何てことだ。

「動くな！」

飛びかかろうとした真田を、勝俣が制した。

その手には、いつの間にかナイフが握られていた。細身のコンバットナイフだ。その手つきから、使い慣れているのが分かる。

真田は、舌打ちを返した。

背後には、拳銃を持った男。そして目の前には、ナイフを持った勝俣。背中を撃たれた黒野は、うつ伏せに倒れたままピクリとも動かない。

これでは、ろくに身動きができない。まさに絶体絶命の状況だ。

何も知らなければ——。

勝俣は、滑らかな動きで、ナイフを右に左に振ってみせる。光を放つ切っ先が、まるで生き物のようだ。

真田の恐怖感を煽《あお》ろうとしているのだろう。

——胸クソの悪いサディストだ。

「聞かせてもらおう。君たちが、何者なのか——」

勝俣が冷めた目で真田を見据える。

「死んでも教えてやらねぇよ」

「なら死ね」

勝俣が、素早い動きで真田の喉《のど》をめがけ、ナイフで横一文字に斬《き》りつけて来た。

首を切断され、盛大に血を噴き上げる——。

予知の通りならそうだ。だが、真田はそうはならなかった。

バックステップを踏んで、勝俣のナイフの切っ先をかわした。

勝俣が、最初に喉へ横一文字に斬りつけることを、真田は知っていた。黒野ではないが、分かっていれば、かわすことは容易《たやす》い。

「貴様……」

勝俣は歯軋《はぎし》りをする。

どうやら、プライドが高く、熱くなるタイプのようだ。闘いで冷静さを失った奴は、最初の攻撃に固執する。

案の定、勝俣は真田の喉めがけて斬りかかってきた。

真田は身体を左に振りながら重心を落とし、ナイフをかわすと、膝蹴《ひざげ》りをボディーに叩《たた》き込んだ。

勝俣は、うっと唸《うな》りはしたものの、すぐに体勢を立て直し、再び襲いかかって来る。

真田は、ナイフを持った勝俣の腕を巻き込むように抱え、そのまま倒れ込みながら全体重をかけた。

バキッという音がして、勝俣の腕が折れた。

あらぬ方向に曲がった勝俣の手から、ナイフが滑り落ちる。

銃を持っていた男は、呆気《あっけ》に取られていたが、不意に我に返り、真田に銃口を向ける。

真田は、すぐにナイフを拾い上げ、倒れている勝俣の喉元に突きつけた。

「銃を捨てろ！　お前のボスが死ぬぞ！」

真田が威嚇《いかく》する。

銃を持った男の顔が、苦悩に歪む。

お互いに、微動だにせず睨み合う恰好《かっこう》になった。

真田は、傷がつかない程度に、勝俣の喉にナイフを押し当てる。

「早く捨てろ！」

「撃て」

言ったのは、勝俣だった。

——何？

「お前、死ぬつもりか？」

「死など怖《おそ》れない。計画の遂行が最優先だ。いいから撃て」

勝俣が、銃を持った男に真っ直《す》ぐな視線を向けた。

今の言葉が嘘《うそ》ではないことを証明するかのような、真摯《しんし》な目だった。

銃を持った男の顔つきが変わった。私情を捨てたのだろう。

——ヤバイ。撃たれる。

今から、男に飛びかかることを考えたが、この距離では辿《たど》り着く前に撃ち殺されるのが関の山だ。

——どうする？

真田が迷っている間に、男の指が引き金にかかる。

が、男はそれを引くことはできなかった。

足を払われ、仰向けに倒れ込んだ。

やったのは黒野だった。

黒野は、呆然《ぼうぜん》としている男から素早く拳銃を奪い、代わりにその手首に手錠をかけてしまった。

「遅いぞ」

真田は、ほっと胸を撫《な》で下ろした。

「他人を当てにしてると、いつか痛い目を見るよ」

「他人を信じないと、孤独に死ぬぜ」

「孤独だからこそ、自由でいられるんだ」

「何が自由だ」

真田は、舌打ち混じりに言った。

第三章　FAILURE

「あんたたちは、いったい何を考えてんのよ！」

公香は、腹の底に溜《た》まっていた怒りを、一気に爆発させた。

暖炉とソファーセットのある応接室だ。

山縣は、公香の隣で憮然《ぶぜん》とした表情で腕組みをしている。塔子は、腕組みをして壁に凭《もた》れている。

　　　一

公香の怒りの矛先は、向かいに並んで座っている真田と黒野だ。

これだけ、烈火の如《ごと》き怒りをぶつけているのに、黒野はまるで聞こえていないかのように、場違いな笑みを浮かべている。

真田の方も、まるで自分の方が怒りたいと言わんばかりのふてぶてしい態度だ。

「ふざけんじゃないわよ！　どれだけ心配したと思ってんの？」

公香がドンッとテーブルを叩《たた》くと、真田は、これみよがしにため息を吐《つ》いた。

「おれに言うんじゃねぇよ」

「どういう言い草よ」

「だから、今回の件は、全部こいつが勝手にやったことだ。おれは、振り回されただけ」

真田が隣の黒野を指差した。

言い逃れをしているわけではない。さっき帰って来た真田たちから聞いた、大まかな話を整理すると、確かに今回の首謀者は黒野のようだ。

いつも、他人を振り回している真田を、逆に振り回したのだから、黒野は相当なものだと思う。そこは感心するが、今問題にしているのは、そういうことではない。

公香は、説明を求めて黒野を睨《にら》んだ。

「そんな目で見られても困るな」

黒野は指先でメガネを押し上げる。

この期《ご》に及んで、なおこのキザったらしい態度。本当に腹が立つ。

「下手したら、あんたたちは死んでたのよ！」

「公香さんって、結構自己中なんだね」

「は？」

――何でそういうことになる？

「話を聞いていると、自分たちが助かれば、他の人は死んでもいい――って聞こえる」

「誰も、そんなこと言ってないでしょ！」

「君たちは、もう探偵ではないんだ。委託契約とはいえ、警察の人間であることを忘れないで欲しいね」

黒野は、微笑《ほほえ》みながら言っているが、その目は辛辣《しんらつ》に公香を責め立てていた。

いつの間にか、立場を逆転されてしまっている。

「何が言いたいわけ？」

「例えば、SPは警護対象者を守ることが仕事だ。銃撃されれば、自分の身体《からだ》を盾にする。公香さんの言っていることは、身を挺《てい》して任務を全うしたSPに、なぜ自分の身体を盾にしたのか――と叱責《しっせき》しているのと同じだ」

「うっ……」

公香は、息を詰らせた。

分かっていたことだが、黒野はなかなかの論客だ。諭すような黒野の口調に、さっきまでの怒りがみるみる呑《の》み込まれていく。

「予知された人の死を救うというのは、自分の命を懸けるということだ。それを、忘れないでもらいたいね」

「分かってるわよ。そんなこと」

言ってはみたものの、声に力が入らなかった。

「いいや、分かってない。だから、今まで救えなかったんだよ」

「私は……」

まるで手を抜いていたかのように言われるのは、無性に腹が立つが、昨晩の事件も含めて、志乃が眠りについてから、彼女が予知した死を止められなかったのは事実だ。

黒野は今回、志乃の予知した夢を阻止してみせた。

しかも、抜群の洞察力と分析力で、被害者ではなく加害者の側を特定した。

そればかりか、加害者であるクーチアンに揺さぶりをかけ、ターゲットを自分たちに変更させてしまった。

今まで自分たちが、思いもよらなかった方法で——死の運命を阻止するのではなく、運命の流れそのものを変えてしまったのだ。

「もう、それくらいにしておけ」

完全に負け戦となった口論に、助け船を出してくれたのは山縣だった。

公香は、唇を噛《か》んで押し黙った。

「黒野の言わんとしていることは分かる。だが、聞かされなければ混乱をきたす。それは分かるだろ」

静かに語りかけるように、山縣が言う。

「混乱はあるでしょうね。でも、下手に情報共有をすると、せっかくの作戦が台無しになる」

「だったら、次からは、私たちと情報共有することを前提にした行動をとってもらいたい。君ならできるだろ」

今まで、曲者揃《くせものぞろ》いのメンバーをまとめてきただけあって、上手《うま》い言い方だ。

公香は感心すると同時に、反省もしていた。もう少し、自分も感情を自制する必要があるかもしれない。

無鉄砲なバカと、無謀なインテリが顔を揃えてしまったのだ。

自分の役割は、二人の手綱を締めることだ。

「検討しておくよ」

黒野は、相変わらず胡散《うさん》臭い笑みを顔に張り付けたまま言った。

「それから、さっきのSPの話だが、彼らは自らを盾にするが、防弾チョッキなど最低限の安全を確保した上での行動だ」

「分かってるよ。だから、ぼくも防弾チョッキを着ていたんだ。背中から撃たれるのは、嫌だからね」

公香は、黒野の言葉に眉《まゆ》を顰《ひそ》めた。

どうして、背中から撃たれると知っていたのか？

「志乃の夢の内容を知っていたのか？」

山縣が公香の疑問を代弁する。

「もちろん。そうでなきゃ、あんな場所にのこのこ出向くわけないし」

黒野はおどけたように言う。

「なぜ、それを知っていたんですか？」

さっきまで黙っていた塔子が、血相を変えて訊《たず》ねた。

彼女の疑問はもっともだ。志乃が夢で真田たちの死を予知したあと、真田たちに連絡が取れなかった。

外にいた真田たちが、そのことを知るはずがないのだ。

「言っとくけど、その件も、おれは無関係だからな」

真田が、口を尖《とが》らせ顔を背けて塔子の視線から逃れた。

「どういうことだ？」

山縣が促す。

「簡単だよ。クロノスシステムのデータを、ちょっといじっただけだ」

「いじる？」

「彼女が予知をした段階で、自動的にデータがぼくのタブレットに送信されるようになってる」

黒野は、悪びれた様子もなく飄々《ひょうひょう》と言ってのける。

「そんな……クロノスシステムには、セキュリティーがかかっています。ＩＤとパスは、私しか知らないはずです」

塔子が、顔色を青くしながら言う。

そうなるのも無理はない。この中で、クロノスシステムにアクセスする権限を持っているのは塔子だけだ。

公香はもちろん、真田や山縣も知らないのだ。

「その認識は間違ってる。だって、君はぼくたちの目の前で、キーボードを叩いてアクセスキーを入力したじゃないか」

「そんな……18桁《けた》もあるんですよ」

「たった18桁だ。その程度なら、一度見れば記憶できる。いくらアクセスキーがあったって、人前で打ったらそれでアウトだ。次からは、気をつけた方がいい」

「そんな……」

塔子は驚きのあまり、口を開けて固まっている。

「まあ、予知の映像を見たのは、あくまで確認のため。今回の件に関して言えば、犯人の動きは概《おおむ》ねぼくの予想通りだったから」

得意げな黒野の態度が、無性に腹立たしかった。

——やっぱり、コイツ嫌いだ。

公香はため息を吐いた。

二

会議を終えたあと、真田はコクーンのある部屋に足を踏み入れた——。

白い外殻の脇《わき》にあるスイッチを押すと、立ち上がっていたコクーンが、滑らかな動きで横向きになり、アームが前面のパネルを押し上げ、志乃の姿が現われた。

今回、志乃が予知した死の運命を食い止めることができた。もしかしたら、それをきっかけに志乃は目覚めるかもしれない。

しかし、志乃は眠ったままだった——。

心の奥にあったわずかな希望が、無情にも握り潰《つぶ》される。

落胆した真田の目にも、志乃の眠った顔は美しかった。眠りについてから、ますますその美しさが増していくような気がする。

ときどき、それが怖い――とすら感じる。

志乃が、このまま人ではない何かになってしまうのではないかという不安だ。

「聞いたよ」

唐突に声をかけられた。

振り返らずとも、それが誰なのか分かった。黒野だ。

――さっさと出て行け！

真田は内心で罵《ののし》る。

今日の事件は、黒野がいたからこそ、志乃の予知を止めることができた。それは否定しない。

被害者を守ることに目を奪われていた真田たちには、予知された死の運命を変えてしまおうという発想はなかった。

彼の洞察力と分析力、それに柔軟な発想は賞賛に値する。

だが、だからといって黒野を信頼したわけではない。彼の偽りの笑みが、真田の警戒心を煽《あお》っている。

それに、ここは、志乃が目覚めを待つ聖域だ。黒野のような得体の知れない男が、平然と足を踏み入れていることに腹が立つ。

「何をだ?」

「君、毎日ここで寝泊まりしてるんだって」

真田は、舌打ちをした。

黒野の言う通りだ。真田は、毎晩この部屋で眠っている。

「報告書に書いてあった。一年前のテロ事件のとき、夢の中で彼女に会ったんだよね。それで、事件を解決に導いた……」

「失《う》せろ!」

真田は睨みを利《き》かせて唾棄《だき》するように言った。

しかし、黒野は怯《ひる》むどころか笑みを崩そうともしない。

「健気《けなげ》だね。ここで眠っていれば、また夢の中で彼女に会えると思ってるなんて。でも、それって本当に彼女だったのかな?」

「……」

「もしかしたら、君自身の中にある願望が生みだした、ただの幻想かもしれないよ」

「消えろって言ってんのが、聞こえねぇのか！」

やはり黒野は動じない。

それどころか、軽やかな足取りでコクーンの前に歩み寄って来た。

「しかし、興味深いね」

「何？」

「君も、そう思うだろ」

黒野が同意を求めてくる。

「何がだ？」

真田は、黒野に背中を向けたまま訊ねた。

「このシステムだよ」

「何が言いたい？」

「彼女は、どんなコンピューターより優れた情報端末だ」

黒野が言い終わる前に、真田は素早く振り返り、黒野の喉《のど》に右腕を差し込み、そのまま壁に押しつけた。

「今度、志乃のことを機械扱いしたら——殺すぞ」

真田は、黒野の喉に入った腕を、力を込めてさらに押し込む。

本気だった。何だったら、今この場でそうしても構わないとさえ思っていた。何が情報端末だ。志乃は機械ではない。人間だ。そして、必ず目覚める。そう信じているからこそ、真田たちは命を懸けて奔走している。

壁と真田の腕に挟まれ、呼吸ができないはずだ。にもかかわらず、黒野は笑みを浮かべていた。

「本当に、そう思ってるのか?」

黒野は掠《かす》れた声で言った。

「当たり前だ」

「彼女を人だと思うなら、楽にしてやったらどうだ?」

あまりに想定外の言葉に、真田は戸惑った。そのわずかな隙《すき》を、黒野は見逃さなかった。

素早く真田の腕を跳ね上げる。

――あっ!

思ったときには遅かった。黒野は、真田の腕を巻き込むようにして、投げ飛ばした。

ゴンっと背中から床に落下する。

「てめぇ!」

真田は素早く立ち上がり、黒野と正対する。

「おっと、これ以上は止《や》めにしよう」

黒野が右手を前に突き出す。

「てめぇ、投げ飛ばしておいて、逃げようってのか？」

「人聞きが悪い。先に手を出したのは君だ」

それは認める。しかし――。

「原因はお前が作ったんだろうが」

「不可抗力だよ。まさか、今のがＮＧワードだとは思わなかったからね」

「はい、そうですか――って納得するとでも思ってんのか？」

「本当に直情的だね。まあ、そういうの嫌いじゃないけど」

「お前に好かれても、嬉《うれ》しくねぇよ」

「誰も好きだなんて言ってない。嫌いじゃない――って言ったんだ」

「屁《へ》理屈を……」

「とにかく、ぼくにやり合うつもりはない。前にも言ったけど、こうなったらぼくに勝ち目はないからね」

――この男には、プライドがないのか？

こうもあっさり負けを宣言されると、さすがにやる気が失せる。

「さっさと消えろ」

真田は、吐き捨てるように言った。

「そうするよ」

くるりと踵《きびす》を返し、立ち去りかけた黒野だったが、ドアロのところでふと足を止めた。

「そうだ。さっきの話だけど――もし、彼女を人として扱いたいなら、楽にしてあげたら？」

振り返った黒野の顔は、いつもの微笑みではなかった。何の感情も宿していない、人形のような無表情――。

怖《おそ》ろしいとすら感じる顔だった。

「どういうことだ？」

「彼女は、眠り続けたまま、人の死を予知し続けるんだ。これは、拷問《ごうもん》に等しい行為だと思わないか？」

返す言葉が見つからなかった。

その通りかもしれない――そう思う自分に気付いてしまったからだ。

「おれは……」

「彼女のためを思うなら、安楽死させてあげることも、一つだと思うよ」

「ふざけるな！」

真田は、怒りを込めて黒野を睨んだ。が、そこに力はなかった。

それを見透かしたように、黒野が微笑んだ。

「できないよね。そうだよね。だって、君は彼女に生きていて欲しいんだからね――でも、それは、君のエゴだよ」

言葉の重みに反して、軽やかな口調で言うと、黒野は部屋を出て行った。

一気に緊張が緩んだせいか、真田はその場に座り込んでしまった。

エゴだと言われれば、そうなのかもしれない。このまま、志乃が死んだら、自分の心も死んでしまう。それを、拒絶しているところは確かにある。

それは真田だけではない。山縣も、公香も、同じようなことを感じているはずだ。

――おれのやっていることは、志乃を苦しめているだけなのか？

問いかけてみたが、答えは返ってこなかった。

三

「ちょっと、待ちなさいよ」

公香は、廊下を歩く黒野の背中に声をかけた。

問い詰めるような口調であったにもかかわらず、振り返った黒野は、緊張感のない笑みを浮かべていた。

そういう態度が、余計に公香の苛立《いらだ》ちを増幅させる。

「何？」

「あんた、何で真田に突っかかるの？」

「別に、そんなつもりはないよ」

飄々と口にするが、そこに真意があるとは思えない。

さっき、公香はモニタリングルームで、真田と黒野の会話を聞いていた。

真田は一年前の一件から、ずっと自分を責め続けている。そんな真田に向かって、あんなことを言えば、彼の神経を逆撫《さかな》ですることくらい分かるはずだ。

「何が気に入らないわけ？」

「何も」

「だったら、真田の好きにさせてやりなさいよ」

「それが優しさ——とでも言うつもり？」

黒野がおどけたように肩をすくめる。

本当に嫌な男だ。

「そんなんじゃないわよ。ただ、私たちは信じたいだけ。志乃ちゃんが、戻って来るって。だから、こんな汚れ仕事も進んでやってるのよ」

唐沢は、真の意味での防犯などと綺麗事《きれいごと》を並べてはいるが、要は孤立無援で、何かあればすぐに斬《き》り捨てられる汚れ仕事だ。

それでも、自分たちは前に進まなければならないのだ。志乃のためにも——。

「いくら願おうと、抗《あらが》おうと、どうにもならないことがある」

黒野の顔から急に微笑みが消えた。

公香には、震え上がるほど怖ろしい顔に見えた。が、このまま退《ひ》き下がることはできない。

「それでも、私たちは信じたいの」

「君も、真田も子どもだね」

「どういう意味？」

「感情にストレート過ぎる。わがままな子どもと一緒だ。自分が信じたものは、全部思い通りになると思ってる」

「私は……」

「でもね、世の中には、そうでないこともたくさんあるんだ。いくらあがいても、変えようのない現実があるんだよ」

　そう言って、黒野は再び笑みを浮かべた。

　蛍光灯の光を受けて、顔に刻まれた影が、やけに色濃いものに見えた。

「そんなの、分かってるわよ」

　公香は、腹に力を入れて主張した。

　しかし黒野の冷ややかな目が、それを呑み込む。

「いいや。全然、分かってないね。だから、ああやってすがっているんだろ」

　黒野が、真田と志乃がいる部屋に視線を投げた。

　軽蔑《けいべつ》――いや、それよりもっと冷淡な視線だった。

「あんたは、ないの？」

「何が？」

「理屈で無理だと分かっていても、それでも、抗いたいと思うことよ」

公香の質問に、黒野の視線が一瞬だけ泳いだ。

「あった……」

しばらくの沈黙のあと、黒野が言った。

敢《あ》えて過去形を使ったと分かる言い方だ。でも、もし、そういうものがあるなら、真田の気持ちも分かるはずだ。

「だけど、もう無い」

公香の言葉を待たず、黒野はそう続けると、ゆっくりと歩いて行った。

——嫌な奴《やつ》。

内心で毒づきながらも、公香は今のやり取りで、黒野の心の奥にある、闇《やみ》に触れたような気がしていた。

暗く、冷たい闇——それが、いったいどういうものなのか、公香には分からないし、無理に知ろうとも思わない。

黒野が何を言おうが、諦《あきら》めてしまったのなら、それで終わりだ。

真田なら、どんな絶望的な状況に追い込まれようと、決して諦めない。そして、最後は運命を変えてしまうだろう。

だから——。

四

真田は、何かの気配を感じて目を覚ました——。

志乃が眠るコクーンのある部屋だった。ベッドの代わりに使っている、安楽椅子《いす》から身体を起こす。

部屋の眩《まぶ》しさに、目を細めながら視線を向ける。

朧気《おぼろげ》な視界に、白い影が入った。

「真田君。ゴメンね……」

唐突に聞こえて来たその声に、真田は飛び跳ねるようにして立ち上がった。

聞き覚えのある声。待ち望んでいた声だったからだ。

だんだんと、目が慣れて視界がはっきりしてくる。すぐ目の前に、一人の女性が立っていた。

「志乃……」

真田は、震える声でその名を呼んだ。

その呼びかけに答えるように、志乃が微《かす》かに笑った。

——ああ、この笑顔だ。

真田は、長い間ずっとこの笑顔を待ち望んでいたのだ。

胸の奥からこみ上げる熱い衝動に突き動かされ、真田は志乃の腕を引き、そのまま力強く抱き締めた。

「真田君」

志乃の声がした。

耳に当たる息遣いが、肌を通して伝わる体温が、志乃の存在がここにあると証明してくれていた。

「ゴメン……おれ……」

「いいの。真田君は、何も間違ってない」

志乃の腕が、真田を包み込むように回った。背中を這《は》う、志乃の指先の感触が、心地よかった。

「だけど……」

「真田君。お願いがあるの」

「何だ？」

志乃の願いなら、どんなことでも聞いてやる。彼女の笑顔が見られるなら、どんな犠牲も厭《いと》わない。

そうするだけの想《おも》いが、真田にはあった。

「助けて」

「誰を？」

「死ぬ運命にある人を——助けて」

「志乃……」

言われなくても、そうするつもりだ——そう言おうとした。しかし、それより先に、異様な気配を感じた。

「なんて、言うと思った？」

明らかに声色が変わった。

——何があった？

目を向けると、さっきまで志乃だと思って抱き締めていた身体が、いつの間にか、別のものに変わっていた。

真田は、驚きとともに身体を離す。

「彼女は苦しんでいる。楽にしてやったらどうだ？」

そこに立っていたのは、黒野だった。

メガネを指先で押し上げながら、不敵な笑みを浮かべている。

「志乃は、どこに行った？」

「彼女なら、ここにいるよ」

黒野がコクーンに目を向ける。蓋《ふた》の開いたコクーンの中で、志乃は眠っていた。

「志乃……」

「ほら、こんなに痩《や》せ細って……かわいそうに……」

黒野が、指先で志乃の頬を撫でる。

「触るな！」

「君のエゴで、彼女は苦しんでいる。いっそ、ぼくが楽にしてあげよう」

不気味な笑みを浮かべた黒野は、指先を頬から首筋に這わせる。

ざわっと胸が揺れた。

「触るなって言ってんだろ！」

摑《つか》みかかろうとしたところで、志乃の顔が動いた。虚《うつ》ろな目で、真田をじっと見据える。

まるで、金縛りにあったように、真田は動けなくなった。

「苦しい……お願い、私を殺して……」

志乃が、か細い声で言った。

「だってさ」

黒野は、得意げに言うと、志乃の首を絞めた。

「止《よ》せ！　止めろ！」

真田は、叫び声とともに目を覚ました。

首筋にぬるぬるとした汗が、ベットリと張り付いていた。目眩《めまい》と耳鳴りがした。

――夢だったのか。

何度か深呼吸をして、真田はようやくそれを理解した。

せっかく志乃に会えたと思っていたのに――あれは、黒野の言うように、自分の意識が作り出した幻想なのだろうか？

真田には、判断がつかなかった。

五

塔子は、重い足取りでモニタリングルームに入った。

ガラスの向こうに目をやると、すでに真田が起きていた。悪い夢でも見たのか、頭を抱えている。

何か言ってやりたい。彼が望むなら、「大丈夫よ」と抱擁して慰めることも厭わない。だが、彼がそんなことを望むはずがない。

真田は、志乃が目覚めるまで、身の裂けるような痛みとともに生きていくのだ。

塔子は、ため息を吐いて自席に座った。

昨日のデータを分析していて、眠りについたのは朝方になってからだった。

仮眠室で二時間ほど横になり、再びモニタリングルームに入った。否《いや》が応《おう》でも疲労が蓄積する。

クロノス計画に参加してから、塔子は真田たちと、この屋敷で共同生活を送っている。といっても、食卓を囲み、談笑するような楽しげなものではない。

食事は全《すべ》てパンやおにぎりといった、簡易的なもので済ませ、一日のほとんどをモニタリングルームで過ごしている。

特に、ここ最近は予知が頻発していて、ほとんど休めていない。

本来なら、交代制で行うべき業務なのだが、秘密を守るために、人数は最小限に絞られ、塔子一人で全てをこなさなければならない。とはいえ、身体が限界に来ているのは確かだ。

「おはよう」

塔子は、ガラスの向こうにいる志乃に挨拶《あいさつ》をした。

返事はない。それでも、塔子は挨拶を続ける。これは、日課のようなものだ。

パソコンに向かい、作業を始めようとしたところで、コクーンのシグナルが明滅し始めた。

「まただ」

塔子は、戦慄《せんりつ》とともに声を上げた。

揺れる気持ちを落ち着けながら、素早く映像化するための作業を開始する。

やがて、モニターに映像が映し出された。


一人の男が立っていた――。

トイレのような場所だが、壁や天井が黒で統一されていた。照明も、間接照明を使い、それと分からないくらいシックな空間だった。

男は、洗面台の上に両手を突き、虚ろな目で、鏡の中に映る自分と見合っていた。

それが、急に胸を押さえて苦しみ始めた。

額には玉のような汗が浮かび、みるみる顔が青ざめていく。

男は耐えられなくなったのか、膝《ひざ》から崩れ落ちた。

喉をかきむしるようにもがいたあと、横倒しになり、身体を痙攣《けいれん》させた。

が、それもわずかな時間だった。

男は動かなくなった——。


映像を見終えた塔子は、吐き気を覚えた。

人が死ぬ映像を直視し続けることは、想像以上の苦痛を強いられる。

ガラスの向こうに目を向ける。

白い外殻のコクーンが見えた。あの中で、眠っている志乃は、ずっとこんなものを見続けて来たのかと思うと、同情を禁じ得ない。

真田が、何とか救ってやりたいと考える気持ちは、痛いほどに分かるし、自分もそうしたいと思う。

しかし、それは同時に、真田を危険に晒《さら》すことにもなる。

昨日の件がいい例だ。上手くいったからいいようなものの、危うく二人とも殺されるところだった。

「また、予知したんだね」

急に降って来た声に、塔子はビクッと肩を震わせる。

視線を向けると、いつの間にか、戸口のところに黒野が立っていた。

メガネの奥で、目を細めて、薄い笑いを浮かべている。

だが、この微笑みが作りものだということは、塔子にも分かっていた。それが証拠に、目はまったく笑っていない。

「そのようです」

塔子は、小さく頷《うなず》きながら答えた。

「何でだと思う?」

黒野が質問を投げかけて来た。しかし、何を訊ねているのか分からない。

「何がです?」

「ずっと考えてるんだ」

「考えてる?」

「そう。彼女が、予知しているのは、全てではない。つまり、何かしらの法則がある」

黒野は、メガネを指で押し上げた。

メガネ越しの視線には、なぜか疑念が込められているような気がした。

「詳しくは分かりません。でも、以前は、事件の関係者に触れることで、死を予知していたと聞いています」

真田たちから聞いた話だ。

「それは、ぼくも報告書で読んだ。問題は、今なんだよ」

「どういうことです？」

「惚《とぼ》けちゃ困るな。分かってるだろ」

黒野はゆっくり塔子に歩み寄って来ると、ずいっと顔を近付けて来た。

偽りの笑顔が、妙な威圧感を発している。塔子はそれから逃れるように、視線を逸《そ》らした。

「何が言いたいんです？」

「だからさ、今の彼女は、誰とも接触していないはずなんだ——それなのに、人の死を予知している。何でだと思う？」

「何か、別の法則がある——ってことじゃないんですか？」

塔子は、思いつくままに口にした。

「そう、それ——ぼくは、その法則を探しているんだ」

「何のために？」

「言わなくても分かるだろ。クロノスシステムを、より有効に活用するためさ」

黒野は、ガラスの向こうに目を向けた。

何を考えているのか分からない。まるで、人形のように無機質な顔だった。

「どうしたの？　早くみんなに連絡しないと――」

黒野に促されて、塔子はようやく我に返った。

六

山縣は、マンションのインターホンを押した。

モニターで顔を確認したらしく、こちらが名乗るまでもなく、エントランスのロックが解除される。

山縣は、マンションの中に入り、エレベーターに乗り込んだ。五階まで上がり、廊下を進み、一番奥の部屋のドアホンを鳴らした。

ドアが開き、身体《からだ》つきも顔も角張った男が顔を出した。

唐沢の車の運転手をしていた男だ。この男は、いつ会っても無表情で、感情があるのか疑いたくなるほどだ。

この部屋は、Kネットサービスという、インターネット通販を行う会社の名義になっている。

法務局に登記もされているし、ネットでホームページを見ることもできるが、公安が用意したダミー会社だ。

重要人物や事件の証人をかくまうセーフハウスとして、或《あ》いは、警察内でも極秘にしたい会合などの場所として利用されている。

間取りは2LDKの何の変哲もない部屋だ。リビングに入ると、唐沢がソファーに座って待っていた。

「まあ座れ」

唐沢に促され、彼の向かいに腰かけた。

「予知された、死を阻止したそうだな」

唐沢が、一呼吸入れたところで切り出した。

クロノス計画が始動してから、初めての成功例——普段から険しい表情が染《し》みついている唐沢も、さすがに達成感に満ちた顔をしていた。

「はい」

返事をしたものの、山縣は表情も気分も暗かった。引っかかっていることがあるからだ。

「だが、安心はできない」

「例のアメリカ大使公邸爆破の件ですね」

山縣が答えると、唐沢は真剣な面持ちで頷いた。

「そうだ。何としても阻止しなければならない」

「でしたら、警備を強化して……」

「それでは意味がない」

唐沢が、山縣の言葉を断ち切った。

「我々だけで防ぐのは、難しいです」

「言わんとしていることは分かる。しかし、この計画を立てているのが誰で、その目的が何か――それを突き止めなければ、警備を強化したところで、別の場所を爆破されてしまうだけだ」

唐沢の言葉はもっともだ。

犯人の目的が、大使の暗殺なのか、アメリカに対するテロ行為なのか――何にしても、その目的を明かさなければ、犯行は繰り返される。

「しかし、誰がこれほどの計画を立てたのでしょう——」

山縣は顎《あご》をさすった。

「それは、我々も調査を続けている。しかし、これほど大胆な計画だ。おそらく日本人ではあるまい」

唐沢の意見に、山縣も同感だった。

日本の過激派は、せいぜいお手製のパイプ爆弾がいいところだ。映像を見る限り、公邸前での爆破は、明らかに軍用火薬によるものだ。

「中国……ですか……」

山縣は、絞り出すように言った。

昨日、真田たちが捕えたのは、元中国人民解放軍のクーチアンだった。黒野の言うように、二つの事件に関連があるのだとしたら、中国という線は濃厚だ。

現在のアメリカと中国の関係は、かつてのソビエトとの冷戦時代を彷彿《ほうふつ》とさせるものだ。日頃から牽制《けんせい》し合っている両国だけに、動機は充分だ。

「その可能性もある。だが、この資料を見てもらいたい」

唐沢は、ファイルを山縣に差し出した。

中にはある人物の経歴が書かれた資料が収まっていた。

「これは？」

「先日、公安が掴んだ情報だ。この人物が、日本に入国した。マスターというコードネームを持つ、殺し屋だ」

もし、この情報が事実だとしたら、中国が裏で操っているという推測は、全く的外れということになる。

「やはり、我々だけで、手に負える事件ではありません」

山縣は率直に言った。

自分たちだけで扱うには、この事件は大きすぎる。

「できるだけの協力はする」

「しかし……」

「やるしかないんだ。阻止できるのは、君たちしかいない。警察は、証拠が無ければ捜査することすらできない。だが、事件が起きてからでは遅い」

唐沢の言葉は、力強かった。

この男は、もしかしたら信頼に足る人物なのかもしれない。少なくとも、今の言葉こそが唐沢の本心であると感じた。

「一つ、訊《き》いてもよろしいですか？」

話が一区切りついたところで、山縣は切り出した。

「何だ?」

「黒野は、何者ですか?」

「質問の趣旨が分からん」

「黒野は、警察官ではありませんよね」

山縣が念押しするように言うと、唐沢は口許《くちもと》にわずかに笑みを浮かべた。

「彼は、君たちの役に立つはずだ。特に、今回の事件においては――」

「どういう意味です?」

「それは自分で考えろ」

唐沢がぶっきらぼうに言う。もうこれ以上は何も言うつもりがないのだろう。

山縣は、深いため息を吐《つ》いた。

七

「ペースが速すぎる」

モニタリングルームで映像を見た真田は、焦燥感を滲《にじ》ませた。

ホテルでの射殺事件から、立て続けに予知が続いている。ここまで予知が連続するのは、極めて珍しいことだ。

「大使公邸の爆破事件に関連しているからだろ」

言ったのは、黒野だった。

その可能性は高いと真田も考えていた。

「これ、全部対応するのは、さすがにしんどいわね……」

ぼやくように言ったのは公香だった。隣に座る塔子も、「そうですね」と同意を示す。

が、真田は異なる考えをもっていた。

「この事件が、関連しているなら、考えようによっては、手がかりになる」

「珍しく、冴《さ》えてるね」

言ったのは黒野だ。珍しく――が余計だ。

反論してやろうかと思ったが、止めておいた。残念ながら、口では黒野に勝てない。

「問題は、この男が誰か――だな」

真田は話を先に進める。

「相変わらず、注意力が散漫だね」

黒野がすかさず指摘する。

「何が、どう散漫なんだよ」

「見て分からない？　塔子さんは、もう気付いてるよ」

「私も、気付いてるわよ」

公香が、軽く手を挙げながら言った。

「だ、そうです」

黒野が、おどけて見せる。本当に、いちいち腹の立つ男だ——。

真田は苛立ちを呑《の》み込み、改めてモニターに映っている映像に目を向けた。

——なるほど。

こうやって改めて見返すことで、黒野たちが何に気付いているのか、すぐに理解した。

「この男、昨晩、殺される予定だった男だな」

「そういうこと」

黒野がパチンと指を鳴らす。

その行動にむかついたが、今はここでケンカをしても始まらない。

「つまり、昨日の連中は、ただの実行部隊で、黒幕は別にいるってことだな」

真田は気分が重くなった。

昨日捕まえたファン・クーチアンが事件の黒幕なら、アメリカ大使公邸の爆破事件も含めて、万事解決のはずだったのだが、そう簡単にはいかないようだ。

昨晩、人知れず一命を取り留めた男が、再び命を狙《ねら》われている。ついでに、大使公邸爆破計画は、依然として進行中と考えて間違いないだろう。

「でも、厄介なのは殺害方法ね……」

公香が苦い顔をした。

「ああ」

真田は、同意の返事をした。

ナイフで刺されたり、銃で撃たれたりしたのなら、近くに犯人が映り込んでいる。昨日のように、それが手がかりの一つになる。

だが、今回は毒殺らしい。毒と一口に言っても、即効性のものもあれば、遅効性のものもある。

いつ、誰が毒を盛ったのか――それを特定するのは難しい。

「やっぱ、被害者を特定するしかなさそうだ……」

「その必要はないね」

真田の意見を、黒野が真っ向から否定した。

「何でだ？」

「この男に使用された毒は、おそらく神経系の即効性が高い毒だ」

「どうして、それが分かる？」

「症状を見れば分かるだろ。このトイレに入る直前に投与されたと考えるのが妥当だ。ちなみに、ここはクラブもしくは、クラブのトイレだ」

黒野が、発音の異なる二つのクラブを口にした。

「何でクラブだと思うの？」

公香が訊《たず》ねる。

「簡単だ。壁面が黒なんて趣味の悪いトイレを作るのは、クラブかクラブしかない。ついでに言うと、クラブの可能性が高いね」

黒野は、ドレスの女性が接客してくれるクラブの発音を口にした。

「理由は？」

「ここを拡大して」

真田が訊ねると、黒野がモニターのある一点を指差した。洗面台の上にある小さな四角い物体だ。

塔子が「はい」と求めに応じて、指定された部分を拡大する。

そうすることで、その四角い物体が何か分かった。紙マッチだ。そこに、文字が書かれている。

〈CLUB GIRLS M……〉

拡大はしたが、映像が荒く、途中までしか判別できないが、GIRLSという文字から判断して、女性のいるクラブで間違いなさそうだ。

しかし、一度再生しただけで、こんな小さなものまで観察しているとは——黒野の洞察力は、異常と言ってもいいほどだ。

「ついでに言うと、このトイレがある建物は、築十年以上経《た》っているはずだ」

黒野が、メガネを押し上げる。

「どうしてそれが分かる？」

「入口を、見てみなよ」

黒野の言葉を察して、塔子が映像をもういちど引きに戻した。

「ここに段差があるだろ」

黒野が、トイレのドアのあたりを指差した。

確かに段差が出来ている。

ここまで見れば、真田にも黒野が言わんとしていることが理解できた。

「最近の建物は、バリアフリーになってるってわけか」

「そういうこと」

「それで、最初の質問の答えは？」

「つまりこの男は、クラブのトイレで倒れたわけだ。これは偶然だろうか？」

黒野がわざとらしく疑問形にした。

「毒物を、相手に気付かれずに服用させるのは、お酒に混ぜるのが、一番いいってわけね」

答えたのは公香だった。

「そういうこと。しかも、こういう店は、店内が薄暗いから、気付かれずに混入するのは容易《たやす》い」

「ってことは、この店を特定して、張り付いておけば、被害者と加害者の両方に会えるってわけだ」

真田が言うと、黒野がニヤリと笑った。

「君にしては、珍しく呑み込みが早い」

「熱血バカだからな」

「自覚してるのに、どうしてバカが治らないのかね?」

「黙れ!」

やっぱり、口では黒野に勝てそうにない。

真田は深いため息を吐いた。

八

「本当に、うまく行くかしら」

公香は、メタリックブルーのハイエースの助手席に座っていた。

運転席の山縣が、「どうかな」と曖昧《あいまい》に言う。

あのあと、山縣も合流し、改めて作戦を立てた。作戦自体は妥当なものだと思う。

しかし、それはあくまで全員が予定通りの行動をした場合だ。

「何がそんなに心配なんだ?」

公香の浮かない気分を察してか、山縣が口にした。

「聞かなくても分かるでしょ。あの二人よ」

真田は、言わずと知れた無鉄砲——何をしでかすか分かったもんじゃない。今までも、何度暴走したか。数え上げたらキリがない。

黒野はといえば、真田のように感情で突っ走ることはないが、逆に何を考えているのかさっぱり分からない。

昨日のこともある。何の相談もなく、勝手なことをやる可能性は大いにある。

爆弾を二つ同時に抱えているようなものだ。

「心配しなくても、あの二人なら大丈夫だ」

山縣は、こともなげに言う。

意味ありげなすまし顔が、公香の苛立《いらだ》ちを煽《あお》る。

——あの二人だから、心配なのよ。

この前、山縣は真田と黒野は心配ないと口にしていたが、誰の目から見ても、あの二人は犬猿の仲だ。

「私には、全然大丈夫なように見えないけど……」

「大丈夫さ。昨日も上手《うま》くいった」

「だから、心配なのよ」

昨日の一件は、結果オーライだったに過ぎない。一歩間違えば、二人ともあの世行きだった。

「心配するな。何とかなるさ」

山縣は、軽い口調で言うと、ハイエースを停車させた。

六本木通り沿いにある、雑居ビルの前だった。目的地に到着したらしい。

「じゃあ、行くわね」

今、あれこれ心配していても始まらない。気持ちを切り替え、車を降りた。

エレベーターの前に立ち、案内板に目を向け、目当ての店の名前を確認する。

男が死ぬことになるクラブは、幸いにもすぐに見つけることができた。〈CLUB GIRLS MOON〉それが、正式名称だった。

クラブとは名乗っているが、要はキャバクラに毛が生えた程度のものだ。

もう一つ幸運だったのは、この店がホステスを募集していたことだ。公香は、内部から状況を探るべく、入店希望ということで連絡を入れた。

すぐに面接をしたいと返答があり、こうやって店を訪れたのだ。

エレベーターで五階に上がると、すぐのところに店の入口があった。

「こんばんは」

中に入ると、公香より明らかに年下の男が「面接の人ですね」と出迎えてくれた。

胸には〈店長〉の名札がある。雇われ店長といったところだろう。

そのまま、二人がやっと座れるだけの小部屋に通される。そこで、幾つか質問を受けた。履歴書は、一応用意してあったのだが、提出は求められなかった。

十代の頃、こういうクラブで働いていた経験があったので、話はスムーズに進んだ。店長の男も、経験があると分かった瞬間、表情が明るくなった。よほど、人手に困っていたのかもしれない。

「もし、良ければ、このまま体験入店してみます？」

店長の言葉に、公香は即ＯＫの返事をした。最初から、そのつもりだった。もしかしたら、あの男は今日にでもこの店に来るかもしれないのだ。

そのあと、公香は店のことを訊ねながら、いろいろと探りを入れたが、大した情報は得られなかった。

着替えをするために、店長に案内され、フィッティングルームに向かう。

「取り敢えず、ドレスはこれを使って」

公香は、店長から与えられたドレスを持ち、ノックしてからドアを開けた。

「失礼します」

物怖《ものお》じしている声色を作って挨拶をする。

楽屋のような作りで、部屋の壁の一面は鏡になっている。テーブルが設置されていて、五人ほどの女性が横一列に並んで座っていた。

「本日、体験入店のレイナです。よろしくお願いします」

さっき店長から与えられた源氏名を名乗り、丁寧に頭を下げた。

しかし、みな自分のメイクに余念がなく、鏡越しに「よろしく」と頭を下げる程度だった。

落胆はなかった。クラブの控え室などこんなものだ。入れ替わりの激しい業界なので、新しく入って来た人間に、いちいち気を使う者も少ない。

公香は、空いている席を見つけ、そこに座るとメイクを始めた。

「よろしく。私も、最近入ったばかりなの」

隣に座る黒髪の女性が声をかけて来た。

赤いドレスで、色白の肌に、艶《つや》のある黒髪が映える女性だった。

「よろしくお願いします」

公香は、会話を続けながらも、視線を走らせ、一人一人を観察して行く。もし、毒を盛ったのが、クラブのホステスだった場合、犯人はこの中にいる——ということになる。

しかし焦《あせ》ってはいけない。黒野ではないが、こちらが不審な動きを見せれば、相手は警戒してプランを変更するかもしれない。そうなれば厄介だ。

ふと、一人の女性が目に付いた。

ピンクのドレスを着た、童顔の女性だった。落ち着きなく視線を動かし、そわそわしている。

——もしかして。

逸《はや》る気持ちはあるが、ここで焦っては作戦が台無しになる。

九

「何で、こいつと、こんなとこに来なきゃならねぇんだよ」

ソファーに座った真田は、不満をぶちまけた。

犯人を押さえるためとはいえ、まさか黒野とクラブに来ることになるとは——正直、うんざりだった。

黒野は、自分の役割など忘れてしまったかのように、隣に座る女の子と談笑している。

正直、こういう店ではしゃぐタイプの男だとは思わなかった。

しかも、しっかり酒まで飲んでいる。バイクの運転があるので飲めない真田に対する、当てつけとしか思えない。

「どうしたの？　浮かない顔して」

黒野がおどけた調子で声をかけて来た。

——喋《しゃべ》るなバカ。

「何でもねぇよ」

「気にするなって」

「は？」

「志乃ちゃんも、クラブくらいなら許してくれるさ」

「てめぇ……」

拳《こぶし》を振り上げようとした真田だったが、それより先にホステスたちが「何それ」と、黒野の言葉に食いつく。

黒野は、ヘラヘラ笑いながら、真田には心に決めた女性がいて、その女性のために操《みさお》を守っているのだと、面白おかしく喋る。

顔面に一発お見舞いしてやりたいところだったが、ホステスたちが、かわいい——と真田をはやしたてるせいで、タイミングを逸してしまった。

真田は、腕組みをして天井を仰いだ。

〈そんな顔してると、素性がバレるわよ〉

耳に隠したイヤホンから、声が聞こえて来た。視線を向けると、体験入店の名目で、店に潜り込んでいる公香が、少し離れた場所に立っていた。

バッチリ化粧をして、ドレスを着た姿はなかなか様になっている。

「転職したらどうだ？」

〈それもいいかもね。それより、手前のテーブルの女の子、見える？　ピンクのドレスで、髪をアップにした娘〉

「ああ」

真田は、視線を向けてから返事をした。

こういう場所に慣れていないのか、垢抜《あか》けない印象のある女性だった。

〈あの子、要チェックよ。入店したのは三日前。バッグの中に、ピルケースのようなものを入れてたわ〉

「それって……」

〈顔に出すと、バレるわよ〉

公香は、そこまで言ったところで、黒服に呼ばれて歩いて行った。

「聞いたか？」

真田は、小声で言いながら黒野に目を向ける。

「すいませーん」

黒野は、真田には答えることなく黒服を呼ぶと、公香が指摘した、ピンクのドレスの女の子を指名した。

今ついているホステスが、不服そうにしたが、そんなことはお構い無しだった。

「お前、正気かよ」

ホステスが席を離れるのを待って訊ねた。

「何が？」

黒野が、すっとぼけた返答を寄越す。

「あの女が、犯人かもしれないんだぞ」

「だとしたら、好都合じゃないか」

まったく緊張感の無い表情で、黒野が言う。何だか、真面目《まじめ》に相手をするのが、バカバカしく思えてくる。

しばらくして、黒髪の女性が、真田たちの卓にやって来た。

「ルナです」

消え入りそうな声で名乗りながら、彼女は真田と黒野の間に座った。

真田は、居住まいを正した。もしかしたら、この女が、犯人かもしれないと思うと、自然に身体に力が入る。

「ねぇ、ルナちゃん。MDMAやってるでしょ」

唐突に浴びせた黒野の言葉に、ルナがビクッと跳ねた。

口を開け、何かを言おうとしているが、うまく言葉が出て来ないといった感じだ。

「わ、私……何もしりません……」

ルナが、絞り出すように言った。が、その言葉に力はなかった。この反応——黒野の言葉が、真実だと認めているようなものだ。

真田は、ここに来て合点がいった。

公香が目を付けた女性は、犯人ではない。黒野は、それを見抜いたからこそ、堂々と彼女を指名したのだ。

「大丈夫だよ。別に、君をどうこうするつもりはないから。ただ、代わりに教えて欲しいことがあるんだけど……」

黒野は、ずいっとルナに顔を近付ける。

笑ってはいるが、目には威圧するような強い光が宿っていた。

「何ですか？」

ルナは、目を伏せながら言った。

観念したのか、或いは、黒野の要求を聞いてから判断しようとしているのかもしれない。

「この店に、この人って出入りしてる？」

黒野は、スマートフォンの画面に、一枚の写真を呼び出した。それは今から毒殺される予定の、あの男の写真だった。

なるほど——と、真田は感心してしまう。

皮肉屋で、いけすかない奴《やつ》ではあるが、やはり頭の回転は速い。MDMAをネタに、彼女から情報を引き出そうというわけだ。

後ろ暗いところのあるルナは、このことを店の人に告げ口するようなことはない。

「いいえ。初めて見る顔です」

「そう。君の他に、最近入った女性は、何人くらいいるの？」

「あそこの女性と——」

ルナが公香に視線を向ける。

「それと、あの人です」

今度は別の卓にいる女性に目を向ける。

今どき珍しい黒のロングヘアに、赤いドレスを着た女性だった。

「ありがとう。このことは、絶対に誰にも言わないでね」

黒野はウィンクすると、また黒服を呼びつけ、女性をチェンジするよう要望した。

「訊くのは、あれだけでいいのかよ」

「充分だ」

「もっと、いろいろ訊いた方が良かったんじゃねぇのか？」

「私も同感ね」

視線を上げると、公香が立っていた。

どうやら、真田たちの卓に回されて来たらしい。公香は、営業スマイルを浮かべたまま、真田と黒野の間に座る。

「馬子《まご》にも衣装とは、よく言ったものだね」

黒野が、ニヤニヤしながら言う。

「ぶっ殺すわよ」

公香は、周囲に怪しまれないように、笑顔を浮かべたまま言った。

黒野は何がおかしいのか、声を上げて笑う。

「さっきの話の続きだ。なぜ、訊かなくていいんだ？」

「これ以上、彼女に訊いても無駄だよ」

「何で？」

「何も知らないからに決まってるだろ。本当に、バカは治らないんだね」

「てめぇ！」

興奮気味に言う真田を、公香が慌《あわ》てて制した。

「来たわよ」

公香が入口に視線を向ける。

――あの男だ。

志乃が、夢で死を予知した男が、入口に現われた。彼の隣には、年齢は五十代前半といったところだろうか、線の細い顔つきに、白髪の髪を後ろに撫《な》でつけた男が一緒だった。俯《うつむ》き加減で、やたらと存在感が薄い。

――いや違う。

あれは、人の記憶に残らないように、敢《あ》えて存在感を消しているといった感じだ。

白髪の男が、一瞬、こちらに目を向けた。

「マズイ……」

黒野が言った。

「え？」

「未来が変わる――」

呟《つぶや》くように言った黒野の顔からは、笑顔が消えていた。

十

塔子は、コクーンのある部屋で、作業をしていた。

志乃の生命活動にかかわる、様々な機器の状態のチェックが欠かせない。彼女の手を取ると、一瞬、それが動いたような気がして、心臓がビクンっと跳ねる。

彼女の身体に触れるとき、塔子はいつも恐怖を抱いている。

――彼女のためを思うなら、安楽死させてあげることも、一つだと思うよ。

昨晩、黒野が真田に言っていた言葉が、不意に頭を過《よ》ぎる。

塔子は、モニタリングルームから、そのやり取りを見聞きしていた。

黒野の言うことも、一理あるかもしれない――そんな風に考える自分がいた。もしかしたら、真田も同じことを考えたかもしれない。だから、黒野に強く反論することができなかった。

志乃はただ、静かに眠りたいと願っているかもしれない——と。

しかし、それを確かめる術《すべ》はない。

「いや、違う……」

自然と言葉が出ていた。

そもそも、飛び立てる羽根があるのに、それをもぎ取り、繭《まゆ》の中に閉じ込めているのは、誰あろう塔子自身なのだ。

とはいえ、塔子には現状を変えるだけの力はない。だからこそ、真田の存在に憧《あこが》れを抱くのかもしれない。

しかし、どうあがいても自分は真田のようにはなれない。

やはりエゴだとしても、今の状態を維持することが、最良の方法であると思えた。

思考が落ち着いたところで、目をやると、コクーンのモニターが反応した。

塔子は、表示を見て一気に血の気が引いた。

志乃が、また、人の死を予知したのだ。

塔子は急いで部屋を出て、モニタリングルームに向かった。

ざわざわと胸が揺れる。嫌な予感がした。

こんなにも、早く志乃が予知をするとは——もしかして、真田たちの状況に、何かしらの変化があったのかもしれない。

前回のことが、頭を過ぎる。

あれは、単に運が良かっただけだ。次もうまく行くとは限らない。

パソコンと向き合い、キーボードを叩《たた》こうとしたが、恐怖から、指先が小刻みに震えた。しかし、このまま手を拱《こまね》いているわけにはいかない。何が起きたのか、それを知らなければ対処のしようがないのだ。

塔子は、自らを叱咤《しった》して、素早く作業を開始する。

「これは……」

やがて表示された映像を見て、塔子は驚愕《きょうがく》した。

十一

「何がマズイんだ?」

真田は、例の男たちを視界の隅に捉《とら》えながらも、黒野に訊ねた。

いつもヘラヘラしている黒野の顔が凍りつき、真っ青になっている。額に浮かぶ汗が、ただごとでないことを示している。

「気付かれた……まさか、奴らがからんでいるとは……迂闊《うかつ》だった……いや、これも必然なのか……」

黒野は、真田の疑問に明確な答えを出さず、ぶつぶつと何かを呟いている。

「ちょっと、しっかりしなさいよ」

公香が、怪訝《けげん》な顔をしながらも、黒野の肩を揺さぶる。

それでも黒野は、独り言を繰り返すだけだった。メガネを押し上げる指先が、微《かす》かに震えていた。

――こいつは、いったい何をそんなに畏《おそ》れている?

「真田。行くわよ」

しびれを切らしたらしい公香が、男たちに視線を向けながら言った。

彼らは、奥にあるＶＩＰルームに消えて行った。

こうなってしまうと、二人の姿を目視で追うことはできない。

未来が変わる――という黒野の言葉は気になるが、もうグズグズはしていられない。

最初のドリンクに毒が混入される可能性もあるのだ。

「分かった」

真田は、公香と頷《うなず》き合ってから席を立った。

こうなれば、作戦もクソもない。部屋に乗り込んで、被害者の男を保護するしかない。

「被害者が現われた。今から、押さえる」

真田は、イヤホンマイクに向かって呼びかけた。

〈待て〉

近くで待機している山縣から、返答があった。

「何でだよ」

〈犯人が誰か分かっていないんだ。もう少し、様子を見よう〉

「悠長なこと言ってたら、あの男は死んじまうぜ」

〈それは、そうだが……〉

「とにかく、そういうことだ」

真田は、山縣との交信を強制的に終了すると、そのままVIPルームに向かった。

VIPルームのドアの前に立ったところで、黒服が真田の腕を摑《つか》んだ。

「お客様」

「ここはVIPルームでございます」

微笑《ほほえ》みを浮かべてはいるが、その目には威圧するような強い力が込められていた。細かい事情を説明したいところだが、そんな余裕はない。それに、どうせ話したところで信じないだろう。

「分かってるよ」

真田は軽く答える。

「では、席にお戻り下さい」

「この部屋に入った二人組、おれの知り合いなんだ。で、挨拶《あいさつ》しようと思ってね」

「かしこまりました。では、確認して参りますので、こちらでお待ち頂けますか？」

黒服が丁寧に言う。

なかなか優秀なようだ。従業員の応対としては、満点を付けてもいい。しかし、確認なんてされたら、追い出されて終わりだ。

「お名前を伺ってもよろしいですか？」

黒服が真田に目を向ける。

多少、注目を集めるかもしれないが、この際、四の五の言っていられない。

「悪い。急いでるんでね」

真田は、言い終わるなり、黒服の鳩尾《みぞおち》に肘《ひじ》を叩き込んだ。

黒服は息が止まり、悲鳴を上げることもできずに、悶絶《もんぜつ》しながら床に崩れおちた。

これで、しばらくは動けないだろう。

真田は、公香に視線を送ったあと、一気にＶＩＰルームに飛び込んだ。

十二

山縣はハイエースの運転席で、息を殺していた。

――追いかけるべきか？

判断に迷うところだ。真田は、山縣の指示を無視して、ターゲットに接触を図った。人が多い場所なので、いきなり乱闘のようなことにはならないだろうが、それでも危険であることに変わりはない。

殺される男を救いたい――とは思うが、同時に、真田や公香を危険に晒《さら》したくはない。

志乃が眠りについてから、いや、それよりずっと前から、山縣は矛盾する二つの感情に振り回されて来たように思う。

現状を打破したいが、これといった具体策が見当たらない。

それが歯がゆくもどかしい。

急に鳴りだした携帯電話に、山縣は思考を中断した。

表示されたのは、塔子の番号だった。

嫌な予感がした。普段、モニタリングルームに籠《こ》もっている塔子は、滅多に現場に出ている山縣に連絡をしてくることはない。

その彼女が連絡してくるということは、志乃が新たに人の死を予知したことを意味する。

背中にじっとりとした汗が滲んだ。

「どうした？」

〈また予知です〉

開口一番に切り出した塔子の声は、恐怖に震えていた。

嫌な予感が的中したらしい。

「内容は？」

〈殺されます。真田さんが。銃で撃たれて……彼に連絡したんですけど、電話に出てくれないんです……〉

必死に絞り出すような声だった。

――真田が殺される。

さっと音を立てて血の気が引いた。

山縣は、考えるより先に、車を飛び出して走り出した。

塔子から映像を送ってもらい、それを確認している余裕はない。状況から考えて、真田が殺されるのは、今この瞬間である可能性が高い。

――やはり、不用意な接触は避けるべきだった。

後悔の波が押し寄せてくる。しかし、今はそれを気にして立ち止まっているときではない。

「真田！　聞こえるか？　真田！」

山縣は、無線機につないだイヤホンマイクに向かって呼びかける。

しかし返答はなかった。

――手遅れなのか？

一瞬、目の前が真っ暗になったが、それでも山縣は走り続けた。

クラブが入っている雑居ビルのエレベーターに辿《たど》り着く。すぐに乗り込もうとしたが、不運なことに、エレベーターは上昇を続けている。

「クッ！」

山縣は、エレベーターのスイッチを強く叩いた。

エレベーターが、降りて来るのを、のんびり待っていては、手遅れになるかもしれない。

山縣は、エレベーターの脇《わき》にある扉を開け、鉄製の外階段を駆け上がった。

——頼む。間に合ってくれ。

走りながら、ただひたすらに祈り続けた。

十三

真田がVIPルームに入ると、今まさに、ブロンドの髪の男がグラスに手を伸ばそうとしているところだった。

突然の乱入者に、ブロンドの髪の男は唖然《あぜん》としている。二人いたホステスも同様だった。しかし、白髪の男だけは、眉《まゆ》一つ動かさずに無表情に座っている。

——もしかしたら、毒を盛るのはこの男かもしれない。

「それ、飲まない方がいいぜ」

真田は言いながら、白髪の男を睨《にら》み付けた。それでも、彼は表情を崩さなかった。

「お前、誰だ？」

つたない日本語で、ブロンドの髪の男が言った。

「あんたを助けに来た、正義の味方だ」

おどけて見せると、ブロンドの髪の男はより一層、怪訝な顔つきになった。

「そのグラス、毒が入ってるかもしれないの」

あとから入って来た公香が、補足説明をしながら、ブロンドの髪の男からグラスを取り上げた。

「毒？　何の話をしている？」

ブロンドの髪の男が腰を上げて、苛立たしげに言う。

「詳しいことは、おれたちより、そこの彼に訊《き》いた方がいいかもよ」

真田は、未《ま》だ無表情に座っている白髪の男に視線を向けた。

部屋にいた全員が、同じように彼を見る。

ただのハッタリだが、何か動きを見せるかもしれない。

白髪の男は、小さく首を振ったあと、ニヤリと笑ってみせた。

真田は、今まで散々修羅場を潜《くぐ》り抜けている。だからこそ、白髪の男の危険さを、肌で感じ取った。

——こいつはヤバイ。

白髪の男は、懐《ふところ》に手を突っ込んだ。

「伏せろ！」

真田は、反射的に叫びながら、呆然《ぼうぜん》としている公香を抱えるようにして、床に伏せた。

風を切るような音がした。

白髪の男が、サイレンサー付きの拳銃《けんじゅう》の引き金を引いたのだ。

ブロンドの髪の男のこめかみが破裂し、血を流しながら前のめりに倒れた。至近距離で頭を撃ち抜かれたのだ。即死だろう。

二人のホステスは、悲鳴を上げながら脱兎《だっと》の如《ごと》く部屋を飛び出して行った。

——また救えなかった。

落胆はあるが、それに囚《とら》われている余裕はなかった。

白髪の男が、銃口を床に伏せている真田に向けたのだ。

持っている銃は、ロシア製のマカロフだ。小型だが、この距離での殺傷能力は充分過ぎるほどだ。今、一発撃ったので、マガジンにあと八発残っている計算になる。

「お前、笑い男と一緒にいた。何者だ？」

今、人を殺したばかりだというのに、信じられないくらい冷静な声で言った。

「笑い男？　誰だそれ？」

騒ぎを聞きつけて、黒服たちが部屋に駆け込んで来た。

白髪の男は、舌打ちをすると、入口に寄って来た黒服を押し退《の》け、部屋を飛び出して行った。

「野郎！」

真田は、素早く立ち上がり、すぐにそのあとを追う。

「ちょっと、真田！　待ちなさい！」

公香の悲鳴にも似た声が、背中に突き刺さったが、立ち止まることはしなかった。

ターゲットを守れなかった上に、今ここで、あの男を逃がすわけにはいかない。真田は、悲鳴を上げる人たちを押し退け、必死にその背中を追う。

白髪の男は、エレベーターなり階段なりで、地上に逃げると思っていたのだが、どういうわけか、非常階段を駆け上がって行く。

焦ったのかもしれないが、とんでもないミスを犯した。上に向かえば逃げ道がなくなる。真田にしてみれば好都合だ。

真田は、無心に階段を駆け上がった。

十四

——あのバカ。

公香は舌打ち混じりに言ってから、身体《からだ》を起こした。

真田は、公香の制止も聞かず、あの男を追いかけて突っ走って行った。毎度のことながら、無鉄砲にもほどがある。

VIPルームは騒然となっていた。

部屋の中で、男が頭から血を流して死んでいるのだ。おまけに、銃を持った男が、飛び出して行った。

あまりに想定外の事態に、悲鳴や叫び声が響く混沌《こんとん》とした空気に包まれている。

「警察に連絡して。あと、救急車も」

公香は、近くにいた黒服に告げると、VIPルームを飛び出した。

救急車は、もう手遅れかもしれない。だが、あの男は銃を持っていた。別の犠牲者が出る可能性もある。

「公香！」

クラブを出ようとしたところで、呼びかけられた。

山縣だった。額にびっしょり汗をかき、息もかなり荒い。ここまで、階段を駆け上がって来たのだろう。

「何があった？」

山縣は、肩を激しく上下させながら訊《たず》ねて来た。

「VIPルームで、ターゲットが射殺された。真田は、例の如く無鉄砲に、撃った男を追いかけて行ったわ」

公香が早口に答えると、山縣が大きく目を見開いた。

この反応——嫌な予感がする。

「マズイぞ」

「何が？」

今度は、公香が訊ねる番だった。

「さっき東雲《しののめ》から連絡があった。志乃が、また人の死を予知した……」

「もしかして、殺されるのは、真田なんて言わないわよね」

「そのまさかだ」

山縣が、眉間《みけん》に深い皺《しわ》を刻んだ。

予想し得る、最悪の事態だ。前回のときは、真田は志乃の予知の内容を知っていた。しかし、今回は違う。

何も知らずに、男を追いかけて行ってしまったのだ。

――なぜ、あのとき、真田を止められなかったのか？

怒りがこみ上げて来る。自分たちは、いつの間にか、真田の無鉄砲さに慣れてしまっていたのかもしれない。

とにかく、急いであとを追った方が良さそうだ。

「黒野は？」

駆け出そうとした公香に、山縣が言った。

あまりの混乱に、黒野の存在を忘れてしまっていた。公香は、クラブの店内を振り返り、見回してみる。

黒野の姿は、どこにもなかった。

「あいつ、まさか逃げたの？」

「それはないだろう」

「でも……」

「とにかく、今は真田を追う方が先決だ」

「そうね」

今度こそ駆け出そうとした公香を、山縣が呼び止めた。

「公香は車に戻って、塔子から送られて来た映像を確認してくれ」

「私も行くわ」

「無理だ」

「何で？」

「その恰好《かっこう》では走れない」

山縣は、公香のドレスとヒールを一瞥《いちべつ》すると、そのまま階段を駆け上がって行った。

悔しいが、山縣の言う通りだ。この恰好では足手まといになる。

――真田を頼むわよ。

公香は、忸怩《じくじ》たる思いで山縣の背中を見送った。

十五

階段を駆け上がった真田は、屋上へと通じるドアを開けた。

次の瞬間、銃声が轟《とどろ》き、すぐ近くのコンクリートの壁に火花が散った。危うく、命中するところだった。

「くそったれ！」

ドアを閉め、一旦《いったん》身を隠す。

反撃しようとしたが、残念ながら今日は銃を持ち合わせていない。

山縣からは、常々携帯しておけと言われているが、どうも銃は好きになれない。素直に指示に従えば良かった。が、今さら、あれこれ考えても仕方ない。

——行くぞ。

真田は、覚悟を決めてドアを開け、身を屈《かが》めて外に飛び出した。

銃声が二発聞こえた。

弾丸は、幸い真田の身体には命中しなかった。

真田は転がるようにして、変電設備の裏側に身を隠した。

大きく息を吐く。

——問題はここからだ。

相手の選択肢は二つ。近づいて来て、真田を仕留めに来るか、あるいは、そのまま逃げ出すかだ。

正直、仕留めに来られたらアウトだ。何せ、真田は丸腰なのだ。距離を詰めて、接近戦に持ち込むことも考えたが、あまり賢い選択とはいえない。できれば、逃げて欲しい。もちろん、逃がすつもりはないが、背中を向けていてくれれば、銃を持った相手でも押さえることができる。

「どうする。もうすぐ警察が来るぜ」

真田は、声を張った。

それをかき消すように、銃声がした。

静寂が訪れた。どうすべきか、迷っているのだろう。

――さあ、どう出る？

真田は、息を殺して耳を澄ませる。

遠くから、サイレンの音が聞こえて来た。公香あたりが、通報したのだろう。これで、選択肢は無くなったはずだ。

じゃりっと、靴がコンクリートを噛《か》む音がした。後退《あとじさ》っている。

次いで、駆け出す足音がした。

――やはり逃げたか。

真田は、一気に飛び出す。

暗がりの中、走って行く男の背中が見えた。

残念だが、ここは屋上だ。いくら走ったところで逃げ道はない。そう思ったが、その考えは甘かった。

男は、真っ直《す》ぐ走り、屋上の縁に足をかけて大きく跳躍し、隣のビルの屋上に飛び移った。

「嘘《うそ》だろ」

隣のビルまでは、五メートルはある。

跳べない距離ではないが、躊躇《ちゅうちょ》なくそれを実行するとは——。

感心ばかりしていられない。真田も、同じようにビルの縁から、隣のビルに向かって跳躍する。

——しまった。

そう思ったときには遅かった。

男は、隣のビルから銃口を構え、真田が跳んで来るのを待っていたのだ。

空中では、避けることもできない。

まさに、飛んで火に入る夏の虫——だ。

男が、引き金に指をかける。

銃口が火を噴いた。

しかし、真田には命中しなかった。

隣のビルに着地して、前に回転しながら勢いを殺し、素早く立ち上がる。

視線を向けると、黒野が拳銃を持った白髪の男の腕の関節を極《き》めたまま、うつ伏せにして取り押さえていた。

「まさか。お前に助けられるとはな……」

苦々しく言う真田を見て、黒野がいつもの薄ら笑いを浮かべた。

そこにわずかな隙《すき》が生まれた。

白髪の男が、素早く動く。あっと思ったときには、黒野は仰向《あおむ》けに倒されていた。

「てめぇ」

真田は、白髪の男を睨む。

彼の右腕は、だらりと垂れ下がっていた。どうやら、肩の関節を外し、黒野の拘束から逃れたらしい。

そこまでするとは、大した執念だ。だが——。

「逃げられると思うなよ」

真田は、白髪の男ににじり寄る。

「愚かな」

白髪の男が言った。この期《ご》に及んで、まだ自分の方が優位だと言いたげな目をしている。

「どういう意味だ？」

訊ねる真田を無視して、白髪の男は、よろよろと起き上がった黒野に目を向けた。

「お前も分かっているだろ。いくら抗《あらが》っても無駄だ」

白髪の男が、真っ直ぐに黒野を見据える。

黒野は、黙したまま俯いた。まるで、何かに怯《おび》えているようだ。それに、今の言葉――白髪の男は、以前から黒野を知っているかのような口ぶりだ。

雨粒が、頬に当たる。

――逃げて！

耳の裏で声がした。

真田は、反射的に振り返る。

次の瞬間、真田の目に、思いがけないものが飛び込んで来た――。

十六

公香は、急いでハイエースに戻った。ポツポツと雨が降り出して来た。嫌な雨だ――。

運転席に乗り込んだ公香は、グローブボックスからタブレット端末を取り出した。

塔子から、メールで映像データが届いていた。タブレットを操作して、その映像データを再生させる。

ビルの屋上のような場所だった。

そこに真田が立っている。少し離れたところに、黒野がいた。彼は、思い悩んだ表情で俯いている。

そして、もう一人、VIPルームで銃を撃った白髪の男だ。

何か異様な雰囲気だった。

これは何――そう思った瞬間、給水塔の陰から、一人の女が姿を現わした。

赤いドレスに、黒いロングヘアの女だった。クラブで、公香に親しげに声をかけてきた女だった。

彼女の手には、小型の拳銃が握られていた。
「嘘でしょ！」
公香は思わず声を上げる。
真田は、赤いドレスの女の存在に気付いていない。
彼女は銃口を真っ直ぐに真田に向ける。
「止《や》めて！」
公香はモニターにかじりつくようにして叫んだ。しかし、その声は届かない。
赤いドレスの女は、拳銃の引き金を引いた——。
弾丸は真田の後頭部を撃ち抜いた。
血飛沫《ちしぶき》を噴き上げながら、真田が倒れる。
コンクリートの上に、みるみる血が広がって行く——。
映像はそこで終わっていた。
「何これ……」
公香は、映像を見て愕然とした。
この予知の通りなら、真田は死ぬことになる。
いや、前回のように、危機を回避するかもしれない——希望を抱こうとしたが、それはすぐに打ち消された。

前回のときは、志乃が予知したデータの内容を知っていたからこそ、それを逆手に取って切り抜けることができたのだ。

しかし、今回はそうではない。

真田は、この映像の存在を知らないのだ。知らなければ、対処のしようがない。

フロントガラスに打ち付ける雨が、勢いを増して来た。

「山縣さん！」

公香は、無線に呼びかけた。

今、阻止できるのは、山縣しかいない。

〈どうした？〉

息を切らせた山縣の声が飛び込んで来た。

「真田は、屋上で撃たれる。赤いドレスの女よ！」

〈本当か？〉

返って来たのは、懐疑的な答えだった。

「映像では、そうなってるわ」

〈今、屋上に出たが、人の姿はない〉

「嘘……」

――いったい、どういうことなのか？

志乃の予知が外れたということなのか――落胆を感じたが、すぐにそれを振り払った。外れたなら、それはそれでいい。真田が無事だということだ。

「山縣さん……」

〈待て！〉

鋭い口調で、山縣が公香の言葉を遮った。

〈隣のビルか……〉

呟きのあと、走っている山縣の足音と息遣いが聞こえた。

時間にしてほんの数秒だったはずだが、公香には、ひどく長い時間に感じられた。

〈真田！　しっかりしろ！〉

山縣の叫びが、スピーカーを割った。

――嘘。嘘でしょ。

「山縣さん。真田がどうしたの？」

声が震えていた。

返事はなかった。降りしきる雨の音が、神経を逆撫でする。

「ねぇ！　答えてよ！　真田は……」

その先は、言葉にならなかった——。

第四章　PAST

一

黒野は、椅子《いす》に腰かけていた——。

タイル貼《ば》りの壁に囲まれ、窓もなく、明かりもない真っ暗な部屋だった。

ここがどこなのか、分からない。目隠しをされ、車のトランクに押し込められた状態で移動してきたからだ。

あの屋上からずっと、黒野は闇《やみ》の中にいた。

しかし、怖いとは思わない。闇には慣れている。今まで、何の希望もない暗闇の中で生きて来たからだ。抵抗することを諦《あきら》め、ただ運命に流されるままに日々を送って来た。

両手は後ろに回され、拘束具で固定されている。

それを外そうとあがいたりはしない。そんなことをしても、無駄だと分かっている。

ふと一人の男の顔が浮かんだ。

——真田省吾。

彼のことは、資料に目を通して、以前から知っていた。いや、本当は、もっと前から知っていた。

真田は、何ものにも縛られず、思うままに駆け抜ける風のような男だ。

黒野は彼のことを熱血バカと称したが、心のどこかで、彼に対する憧《あこが》れを持っていた。彼は、自分にはない力を秘めている。

真田が、自分と同じ環境にあったとしたら、どうしただろう？

流されるのではなく、運命に抗《あらが》っただろう。たとえ、それで自分が死ぬことになろうと、彼は走るのを止《や》めない。そういう男だ。

そして、彼は実際死んだ——。

拳銃《けんじゅう》で頭を撃ち抜かれたのだ。彼の死は、クロノスシステムにより、予知されていただろう。しかし、あの状況では、黒野も真田もそれを知る術《すべ》はなかった。

ずいぶん、あっけないと思うが、死とはそういうものだ。

ドアの開く音がしたあと、天井からぶら下がっている白色灯が点《つ》いた。

一瞬、目の前が真っ白になる。

何度か目を瞬《しばた》かせて、ようやく目が慣れて来た。

目の前には、二人の男女が立っていた。

一人は、クラブにいた赤いドレスのロングヘアの女だ。真田を撃った女だ。

店にいるときは、大人しそうに振る舞っていたのだが、今は別人のように鋭い目つきをしていた。

そしてもう一人は、小柄ながら引き締まった体つきをした、白髪の男だった。クラブで、男を射殺したのが彼だ。

黒野は、以前からこの男のことを知っていた。

——趙哲明《チョウチョルミョン》だ。

スクロノスマスターというコードネームで呼ばれている北朝鮮の工作員で、黒野の師に当たる人物でもある。

黒野はかつて、北朝鮮の工作員を養成する施設にいた。

日本で諜報《ちょうほう》活動及び、破壊工作を行うために、銃の扱いから格闘術まで、あらゆることを、哲明から徹底的に叩《たた》き込まれた。

あの地獄のような日々が、脳裡《のうり》に蘇《よみがえ》り軽く身震いした。

「久しぶりだな」

哲明が、日本語ではなく朝鮮語で言った。

言葉に反して、酷《ひど》く無機質な声だった。驚きはしない。哲明に、昔を懐《なつ》かしむなどという感情はない。

「どうも」

黒野は、微笑《ほほえ》みながら朝鮮語で応じる。

「笑い男とはよく言ったものだ。相変わらずだな」

哲明が呆《あき》れたように首を左右に振る。

笑い男——それが、黒野に与えられたコードネームだった。名付けたのは哲明だ。どんな状況にあっても、笑みを絶やさないのがその由来だ。

「その呼び名。嫌いなんだ」

「では、何と呼べばいい？」

「黒野」

黒野が言うと、哲明が声を上げて笑った。

蔑《さげす》みの笑いだ。

「何と名乗ろうと、お前の本質は何も変わらない。そうだろ。笑い男」

黒野は、ただ小さく笑い返した。

確かにそうかもしれない。名前を変えたところで、過去が消えるわけではない。今の自分の存在は、忌《い》まわしき過去の上に立っているのだ——。

「私は、お前に訊《き》きたいことがたくさんある」

哲明がずいっと顔を近付けた。

「訊きたいこと……」

「喋《しゃべ》りたくなければ、喋らないでいい。私が、どんな方法で、聞き出すのか、お前には分かるだろ」

哲明の目に、サディスティックな光が宿る。

言われるまでもなく、黒野は彼の手口を熟知している。

なぜ、こんなことになったのか——記憶を辿《たど》ると、いつも同じ日のことが思い起こされる。

あの日も、こんな雨だった——。

二

「クソっ！」

真田は、応接室のソファーにどかっと腰を下ろし、吐き出すように言った。

ズキッと痛みが走る頭に手をやった。

幸い、弾丸は頭部を掠《かす》めただけだった。古傷とまったく同じ場所だった。出血はあったが、大したダメージではない。

「真田さん。大丈夫なんですか？」

声をかけて来たのは、塔子だった。

今にも泣き出しそうな顔をしている。彼女のこういう顔を見ると、志乃を思い出してしまう。

「ああ」

「本当に、良かった……」

塔子の目に、涙が滲《にじ》んだ。

その顔を見てはいけないような気がして、真田は視線を逸《そ》らした。

こんな風に心配されると、居心地が悪い。公香のように、耳が痛くなるほどに厭《いや》みを言われた方が、まだ楽だ。

「心配かけて悪かった……」

「いえ。でも、何が原因なんでしょう？」

「原因？」

「はい。今回、真田さんは、志乃ちゃんの予知を知らなかったはずです。それなのに……」

塔子が疑問を持つのはもっともだ。

真田の死は、志乃によって予知されていた。そのことを知らなかったにもかかわらず、こうして生き残ることが出来たのだ。

「声が聞こえたんだ」

「声?」

「あの瞬間、志乃の声が聞こえた。そうじゃなきゃ、今ごろ……」

空耳ではないと真田は確信していた。

前にも同じようなことがあった。真田の両親が殺害されたときだ。あのときも、志乃の声を聞き、わずかに頭を動かした。それが幸いして、一命を取り留めたのだ。

塔子の顔が、一瞬、暗くなった。が、すぐにそれを振り払い、笑みを浮かべた。ぎこちない表情だった。

「間違いなくそれは、志乃ちゃんの声ですよ」

塔子が言った。

「だと、いいけど……」

「前に黒野さんが言った言葉、覚えていますか?」

「黒野の言葉?」

「安楽死させた方が、彼女のため――ってあれです」

「ああ」

真田は、苦い思いを噛《か》み締めながら答えた。

そんな風に思いたくはないが、あの言葉が、真田の心を激しく揺さぶったのは事実だ。

「エゴかもしれない。でも、志乃ちゃんは、自分がどんなに辛《つら》くても、消えゆく命を救って欲しいと願っているはずです」

「志乃と話したことないんだろ」

それなのに、なぜそんな風に断言できるのか――真田には、塔子の自信の源が分からなかった。

「はい。でも、真田さんを見ていれば、分かります」

「おれを？」

――ますます分からない。

困惑している真田を余所《よそ》に、塔子は笑顔で部屋を出て行った。それと入れ替わるように、公香が部屋に入って来た。

「塔子さんと、何を話したの？」

妙に深刻な表情で、公香が訊《たず》ねてきた。

「別に、大した話じゃない」

「そう？　ねえ、あんた、気付いてるんでしょ？」

「何が？」

「まったく。これだから、男って……」

何が言いたいのか分からないが、公香は盛大にため息を吐《つ》きながら、真田の隣に座った。

「それより、あいつはどうした？」

「黒野のこと？」

「ああ」

真田は、黒野に聞きたいことがあった。

クラブでの黒野の行動には、不可解な点が多々あった。いきなり、任務を放棄しようとしたこともそうだし、なぜ黒野が隣のビルの屋上に現われたのかも気にかかる。

そして何より、襲撃者である白髪の男とは、顔見知りのようだった。

——黒野は、裏切り者だった。

真田の頭には、その考えが浮かんでいた。

「黒野の件は、私のミスだ」

山縣が言いながら部屋に入って来た。その表情は、いつになく険しい。

「ミスって、どういうことだ？」

真田が問い質《ただ》すと、山縣はより一層表情を歪《ゆが》めた。

「柴崎君と鈴本君に、彼の素性を色々と調べてもらったんだ」

「素性って？」

真田が訊ねると、山縣は硬い表情で小さく頷《うなず》いた。

「黒野は公安の監視対象だったんだ……」

「監視対象？」

あまりに想定外な言葉に、真田の声はひっくり返った。

「そうだ。黒野は、ある施設で育ったんだ」

「施設……」

曇った表情で公香が訊ねた。

彼女は、薬物依存者の更生施設に入っていた経験がある。施設という言葉に、敏感に反応したのだろう。

「簡単に言ってしまえば、北朝鮮のスパイを養成する施設だ」

「なっ！」

驚きのあまり、うまく言葉が出て来なかった。

「つまり、彼は日本人じゃなかった——そういうこと？」

真田に代わって質問したのは公香だった。

「違う。彼は日本で生まれ、日本で育った。両親も日本人だ。国籍も日本にある」

「じゃあ、どういうことよ」

「彼は、日本にいながら、北朝鮮の工作員となるべく、特殊な訓練を受けていた——ということだ」

真田は、困惑するばかりだった。

黒野のヘラヘラとした笑いが頭に浮かぶ。緊張感がなくて、人を小バカにした笑いだ。

が、心のどこかで気付いていた。

黒野の笑いの奥にある、得体の知れない何かに。

三

黒野は、人とあまり喋らない内向的な少年だった——。

その要因は、家庭環境にあったともいえる。

黒野は、母親と二人暮らしだった。父親は、どこの誰なのか知らない。母親は未婚のまま黒野を出産したのだ。

何があったのか、何度も訊ねたが、黙して語ろうとはしなかった。

ただ、幼心に分かっていたのは、母が黒野を望んで生んだのではないらしい——ということだ。

はっきりと明言されたわけではない。しかし、それを肌で感じていた。

それが証拠に、母は食事や洗濯といった身の回りの世話はするが、まるで作業をしているようだった。黒野自身には、一切の関心がないらしく、母に褒められた経験もなければ、叱《しか》られた経験もなかった。

母は、一日中家にいて、仕事をしている風ではなかった。それでも、定期的に口座にお金が振り込まれているらしく、生活に困窮することはなかった。

家に親族や友人が訪ねて来ることもなく、会話もなく、驚くほど静かな家だった。

居心地の悪さを感じてはいたが、他に行く場所などなかった。

学校生活にも馴染《なじ》めず、友だちもいなかった。

必然的に、イジメられるようになった。

その日も、クラスメイトたちからイジメを受けていた。ランドセルを奪われ、窓から中身を捨てられたのだ。

悔しさから、涙が溢《あふ》れたが、反論することなどできなかった。

彼らは、そんな黒野を見てはやしたて、殴ったり蹴《け》ったりを繰り返した。

「もう止めろ」

蹲《うずくま》って耐えるだけの黒野の耳に、声が届いた。

顔を上げると、そこには一人の少年が立っていた。同じクラスの少年だということは知っていたが、名前までは認識していなかった。

その少年は、イジメをしていた連中を追い払うと、黒野に手を差し出した。

黒野は、どうしていいか分からず、ただその少年を見つめていた。

顔ははっきり思い出せない。だが、真っ直《す》ぐな目をしていたのだけは、はっきりと覚えている。

まるで、彼のように——。

「泣くな」

少年は言った。

「ぼくは……」

「こんなの、大したことじゃない。だから笑えよ」

少年の言葉に、黒野は自然と笑みを零《こぼ》した。

そのあと、彼は捨てられた教科書やら筆記用具を、拾ってくれた。それから、一緒に帰った。

会話などほとんどなかった。

いや、実際は違う。彼が、黒野にいろいろ訊ねてきてくれていた。詳しくは覚えていないが、好きなアニメとか、食べ物とか、そんなことだったと思う。

黒野は「ああ」とか「うん」とか言うだけだったので、会話にならなかった。

誰かと一緒に下校する経験などなく、どう接すればいいのか分からなかったのだ。

しかし、彼の存在を不快だとは思わなかった。

「ぼく、家ここだから」

黒野は、自分のマンションの前で足を止めた。

「そっか。じゃあな」

彼は、そう言って踵《きびす》を返した。

この段階になって、黒野は気付いた。彼の家はまったく違う方向なのに、黒野について来たのだ。

――なぜ、そんなことをするのか？

黒野は、意味が分からず、彼の背中を見つめた。

「なあ」

少し歩いたところで、彼が振り返った。

「明日、休みだろ。一緒に遊ぼうぜ」

彼は屈託のない笑みを浮かべた。

「うん」

黒野は、自然と返事をしていた。

「じゃあ明日の十時に、そこの公園に集合な」

彼は、そう言い残して走り去っていった。

黒野は心が躍った。生まれて初めて、友だちができたのだ。それが、心底嬉《うれ》しかった。部屋のある三階まで走って帰った。

早く、このことを誰かに話したかった。

玄関のドアを開け、部屋の中に飛び込む。母の姿はなかった。代わりに、一人の男が待っていた。

それが、趙哲明だった——。

黒野はゆっくりと瞼《まぶた》を開けた——。

天井からぶら下がる電球が、微《かす》かに揺れていた。ここは、自分の育ったマンションの部屋ではない。

目の前に、哲明が座っていた。隣には、赤いドレスの女が腕組みをして立っている。

「ようやく目を覚ましたか」

哲明が冷淡に言った。

どうやら、意識を失い、過去の記憶を辿っていたらしい。

何か喋ろうとしたが、まともな言葉にはならなかった。意識が混濁している上に、口が重く、上手《うま》く動かすことができなかった。

「喋る気になったか？」

哲明が訊ねてくる。

——いったい、何を訊ねられていたのだろう？

その辺の記憶が曖昧《あいまい》で、答えたくても答えようがない。だから、笑ってみせた。

哲明の岩のように硬い拳《こぶし》が、鼻っ柱に命中した。

強烈な痛みが、鼻を抜けていく。骨が折れたかもしれない。血が詰まり、呼吸がままならない。

哲明が、赤いドレスの女に視線で合図した。

彼女は、黒野の背後に回り、タオルを鼻と口にかかるように巻き付け、強く引っ張る。

黒野は顔を上に向けてもがいた。呼吸ができない。

哲明は、大きな水差しを黒野の顔の前に持って来て、ドボドボと黒野の鼻と口に注ぐ。呼吸をしようと息を吸い込めば、一緒に水も入って来る。

溺《おぼ》れさせられている状態だ。

必死に暴れ、逃れようとしても、手足を縛られた状態では、どうすることもできない。

黒野は、苦痛の中、再び意識を失った——。

四

「日本にいながらって、いったいどういう意味？」

公香が訊ねると、山縣はより一層、険しい顔になった。

「趙泰英《チョウテヨン》を覚えているか？」

「趙って、まさかあの……」

公香が驚きとともに口にすると、山縣が大きく頷いた。

忘れたくても、忘れられるものではない。趙泰英は、志乃の父親が経営する中西運輸を裏で操り、麻薬の密輸をさせていた北朝鮮の工作員だ。

狡猾《こうかつ》で冷酷で、どこまでも卑劣な男だった。

「趙は、工作員として日本国内に入ったあと、独自に麻薬密売のネットワークを築き上げた。彼は、自分の手足となる工作員を、本国から呼び込むのではなく、日本国内で育て上げていたんだ」

「嘘《うそ》でしょ」

本国から工作員を呼ぶより、現地調達しようという発想は分かるが、実際にそんなことが行われているなど、到底信じられない。

「事実だ。趙泰英の逮捕後、その施設の跡地が、富士山の青木ヶ原樹海の近くで発見されている。まあ、施設といっても、実質は合宿所程度の粗末なものだったらしいが……」

　そんな近くに――驚くのと同時に、納得する部分もある。

　青木ヶ原樹海の近くなら、あまり人目につくことはない。それ故《ゆえ》に、怪しげな新興宗教団体の本部なども乱立している。

　地下鉄でサリンをばらまいた宗教団体も、その近くだった。

　件《くだん》の宗教団体は、サリンを製造していただけでなく、外敵や仲間の殺害まで行っていたにもかかわらず、警察はそれに気づけなかった。

「黒野は、何でその施設に入った？」

　訊ねたのは真田だった。

　山縣から、衝撃的な話を聞かされ、彼の性格なら逆上することも考えられたが、意外と冷静だ。

「黒野は、望んでそこに入ったわけじゃない」

「強制的に――ってこと？」

　公香が言うと、山縣が大きく頷いた。

「趙泰英は、中西運輸を密輸に加担させるために、志乃の祖父に、ある女性を使ってハニートラップを仕掛けた」

ハニートラップは、色仕掛けで相手を骨抜きにする方法だ。

「それで」

「その女性というのが、黒野の母親だ」

「もしかして、黒野の父親は、志乃ちゃんの祖父ってこと?」

信じられない思いで口にした。が、山縣は公香の言葉を「そうだ」とあっさり肯定してしまった。

まさか、志乃の肉親だとは、想像もしていなかった。真田もさすがに驚いたらしく、あんぐりと口を開けている。

山縣は、一旦《いったん》、間を置いてから話を続ける。

「黒野の母親は薬物中毒者で、多額の借金があった。もちろん、そこまで仕向けたのは、趙泰英だ」

「本当に、虫酸《むしず》が走る悪党ね」

公香は感情のままに口にした。

目の前にいたら、殴り倒しているところだ。

「同感だ」と山縣は頷いてから、話を再開する。

「趙泰英は、黒野の母親にハニートラップを仕掛けさせただけでなく、彼女が身ごもったことを知ると、その子どもを産んで育てるように指示したんだ」

「それが黒野ってわけ？」

「そうだ」

「まさか、工作員に仕立てるために、育てた――なんて言わないわよね」

「そのまさか――だ」

山縣の返答を聞き、公香は吐き気をもよおした。

己の目的達成のためなら、何でもやる。人を、人とも思わぬ悪魔の所業だ。

「趙泰英は、日本生まれの、日本国籍を持つ、工作員を欲していた」

「何で？」

「工作活動がやり易《やす》いからだ。趙泰英も密入国した口だが、そういった工作員は、様々な場面で活動に障害が出る。免許証、パスポート、住民票……もちろん、偽造することも可能だが、バレるリスクを背負い、足枷《あしかせ》になるのは間違いない」

「だけど、黒野は違うってわけね」

公香にも、ようやくその存在価値が見えて来た。

趙泰英が国外に出ようとした場合、捕まる危険を冒して偽造パスポートを使うか、密輸船に紛れて出国するかだ。

だが、黒野にはその必要がない。堂々と取得した正規のパスポートで出入国ができる。

考えようによっては、国家試験を受けさせ、警察に送り込むこともできるし、国会議員にすることだって不可能ではない。

非常に使い勝手がいい工作員ということになる。だが――。

「そんなの、本人が拒否すればいい話でしょ」

公香が言うと、山縣が小さく首を振った。

「黒野が施設に送り込まれたのは、彼が十歳のときだ」

「年端《としは》もいかない少年を洗脳したの？」

公香の疑問に、山縣は答えなかった。肯定と受け取っていいだろう。

「最低だな」

真田が吐き捨てた。

その意見には、公香も賛成だった。

十歳の少年を捕まえ、工作員の養成施設に送り込み、洗脳するなど正気の沙汰《さた》ではない。

だが、ここで疑問が残る。

——そんな黒野が、なぜ自分たちのもとにやって来たのか?

「大変です」

答えを導き出す前に、ドアが開き、塔子が飛び込んで来た。

「どうした?」

山縣が問う。

塔子の返事を聞く前に、公香はだいたい予想ができた。

「新しい予知夢です」

——やっぱりそうだ。

五

モニタリングルームで、真田は息を殺して映像を見守った。

男が一人、椅子に縛りつけられている。

それが誰なのか、すぐに分かった。黒野だ——。

彼の前に、赤いドレスの女が立った。真田を撃ったあの女だ——。

彼女は、黒野の額に銃口を押しつける。

黒野は怯《おび》えたり、命乞《いのちご》いをしたりはしなかった。自分の置かれている状況が分かっていないわけではない。

おそらく、全《すべ》てを分かった上で、何もしないのだ。

流されるままに、運命を甘受する。そんな意思が、伝わってくるようだった。

彼女が引き金に指をかけた。

黒野が、微かに笑った。

その刹那《せつな》、銃口が火を噴き、黒野の頭を吹っ飛ばした。


映像はそこまでだった——。

「何で、黒野が殺されるわけ？　だって、こいつは、仲間なんじゃないの？」

ヒステリック気味に言ったのは公香だった。

「黒野は、趙の組織を抜けている」

答えたのは、山縣だった。

「そんなの分からないじゃない。こいつは、裏切り者かもしれないでしょ」

「決めつけるな」

「そうだけど……真田は、どう思うの？」

急に話を振られて返答に詰まる。

今までの事実だけつなぎ合わせると、黒野を裏切り者だと感じる公香の気持ちは分かる。真田も、ついさっきまでそう考えていたのだ。

だが——何だか妙な引っかかりがある。

ふと、屋上で白髪の男と対峙《たいじ》したときの、黒野の顔が浮かんだ。

あのとき黒野は、何かに怯えているようだった。いったい、何に怯えていたのか。

白髪の男か、或《ある》いはもっと別の何かかもしれない。

「あの……一つ、気になったことがあったんです」

控え目に手を挙げながら、塔子が言った。

「何だ？」

山縣が促す。

「実は、この映像の中に、気になる音声が入っていたんです」

「音声？」

真田が首を傾《かし》げると、塔子は「はい」と力強く頷く。

「最初は、ただのノイズだと思っていました。でも、気になったので、その音声を抽出して、雑音にフィルターをかけたんです」

塔子は、説明しながら素早くキーボードとマウスを操作する。

「これです」

そう言って、塔子がマウスをクリックした。

〈彼を助けて〉

聞こえて来た音声に、真田は思わず目を剝《む》いた。

雷を頭から落とされたような衝撃を味わい、今まで真田の中で燻《くすぶ》っていた何かが、一気に霧散した。

「志乃の声だ……」

真田は、歓喜に満ちた声を上げた。

今、聞こえた音声は、間違いなく志乃の声だった。

山縣も公香も、同じ考えだったらしく、驚きのあまり呆然《ぼうぜん》としている。

志乃が眠りについてから、初めて彼女の声を聞いた。もしかしたら、志乃の意思は、もうあの場所にはないかもしれない。そう思った時期も、正直ある。

黒野が言っていたように、人が死ぬ夢を見て、苦しい思いを続けるくらいなら、いっそ楽にしてやった方がいいかもしれないとも考えた。

だが、そうではなかった。

――彼を助けて。

志乃は、間違いなくそう言った。

それは志乃が、眠り続けながらもなお、夢の中で死んでいく人を憂《うれ》い、哀《かな》しんでいるからに他ならない。

忘れかけていたが、志乃は元々そういう女性だった。

自分のことより、他人の哀しみに胸を痛め、自己犠牲を厭《いと》わなかった。真田は、志乃のそういうところに心打たれ、強く惹《ひ》かれたのだ。

だからこそ、志乃の笑顔を見たいと願ったのだ。

「黒野を助けに行くぞ」

自然と言葉が出た。

「でも、あいつは……」

「何だっていい」

真田は、公香の言葉を遮った。

「は？」

公香は、困ったように眉《まゆ》を顰《ひそ》める。

「黒野が何者だろうが、そんなことはどうでもいい。志乃が助けろって言ってるんだ。だから、おれは行く」

真田の言葉を聞いて、なぜか塔子が笑った。

——何がおかしい？

「やっぱり、勝てないわ」

真田が視線を向けると、塔子はおどけたように肩をすくめてみせた。

「あんた一人じゃ心配だから、付き合ってあげるわ」

公香が呆れたように言う。

黒野の過去に翻弄《ほんろう》され、余計な考えに振り回されていたが、ようやく本来の公香に戻ったという感じだ。

真田は、山縣に目を向ける。

「黒野を救うのはいいが、どこにいるのか分かっているのか？」

山縣の質問に、ぶっきらぼうに答えてみせた。

「知らねぇよ」

——もったいぶりやがって。

真田は、内心で毒づく。山縣の顔を見ていれば分かる。おそらく、山縣には何か秘策があるはずだ。

六

あの日、黒野が哲明に連れて行かれたのは、山奥にあるコテージのような場所だった。

青木ヶ原樹海に近い、森の中だ。

といっても、自分がいる詳しい場所を知ったのは、ずいぶん後になってからだった。

黒野には、一階にある小部屋が与えられた。

窓には鉄格子《てつごうし》がはまっていて、部屋のドアも頑丈な鉄製で、内側にはドアノブすらなかった。

「お前を、一人前の兵士に育て上げる。役に立たない場合は、容赦なく殺す」

哲明が冷淡に言い放った言葉を、黒野は他人《ひと》事《ごと》のように聞いた。自分の置かれている状況が、理解できていなかったのだ。

――明日は、友だちと遊ぶ約束をしている。それまでに帰れるだろうか？

そんなことを考えていた。

しかし、黒野のそんな考えは、すぐに吹き飛んだ。

哲明に、いきなり殴りつけられた。

「貴様！　返事は！」

血を吐き、意識を失い、気が付いたときには、固いベッドの上だった。

翌日から、血の滲むような訓練が待っていた。

ライフルを含む、十キロ以上の装備を身に着け、森の中を延々と走り続けるのだ。十歳の少年では、十キロの荷物を担《かつ》ぐだけで重労働なのに、その上、足場の悪い山を走るなど、尋常ではなかった。

筋肉が悲鳴を上げ、その場にへたり込むと、すかさず哲明の蹴りが飛んで来た。

泣こうが、喚《わめ》こうが、哲明は容赦なかった。むしろ、そうすればするほどに、哲明の暴力は過激さを増した。

母は、どこに行ったのか？　なぜ、こんな理不尽な目に遭うのか？　疑問は次々と浮かぶが、それを口にすれば蹴られる。

やがて、黒野は考えるのを止《や》めた。

ただ哲明に言われるままに、従順に与えられたノルマをこなすようになった。考えようによっては、学校とさほど変わらない。いや、決められたことをやりさえすれば、何もされない分、ここの方がマシだといえた。

自分が、何のためにこんなことをやっているのかは分からないが、心を閉じてしまえば、何も感じないで済む。

山での行軍に慣れてくると、射撃訓練や近接格闘などの指導も加わった。

これは、荷物を持って山を歩くより過酷な訓練だった。体力は走っていれば、身につくが、格闘などはセンスが要求される。

頭で考えてから反応したのでは、相手の次の攻撃に対処できない。

黒野は、哲明に徹底的に痛めつけられることになった。生傷が絶えなかった。骨を折ったのも、一回や二回ではない。

哲明からは、劣等生のレッテルを貼《は》られ、「上達がみられなければ、始末する」とまで言われた。

だが、黒野がそうされなかったのは、夜の時間に設けられた、教養の分野で並外れた才能を発揮したからだ。

朝鮮語、中国語、英語といった語学に始まり、暗号の解読、化学、地質学、あらゆる分野の教育が成された。

黒野はそのことごとくで、並外れた成績を叩《たた》きだしてみせた。

身体《からだ》を使うことは苦痛だったが、頭を使うのは、苦にならなかった。

「現場では、使い物にならないが、お前はブレインとして役立つ」

哲明が初めて口にした褒め言葉だ。

黒野は、それを嬉しいとは感じなかった。心は、とっくに閉じてしまっている。何も感じない。ただ運命に流されるままに、日々を過ごしていたのだ。

そんなある日のことだった。

強い雨が降る夜——。

雨音と蒸し暑さのせいで、黒野はなかなか寝付くことができずにいた。すると、何かの鳴き声が聞こえて来た。

ひどく弱々しい鳴き声だった。

鉄格子の付いた窓を開けると、暗闇《くらやみ》の中、ぶるぶると震えている白い塊が見えた。犬だった。まだ、子どものようだった。

木陰で丸くなっていた犬は、黒野に気付き顔を上げた。

黒野は、ベッド脇《わき》に置いてあるバックパックを開け、中から保存用のカンパンを取り出し、窓の隙間《すきま》から差し出してみた。

最初、子犬は戸惑ったようにしていたが、よほど腹が空《す》いていたのか、尻尾《しっぽ》を振りながら駆け寄り、カンパンに貪《むさぼ》り付いた。

黒野が、窓の隙間から手を伸ばして頭を撫《な》でると、子犬はクゥーンと甘い声で鳴いた。

凍《い》てついていた心が、一気に解け出した。いつも何かに疲れた母の陰鬱《いんうつ》そうな顔が、頭を過《よ》ぎる。

遊ぶ約束をしていた友だちの顔が浮かんだ。

気がついたときには、黒野は涙を流していた。独りぼっちで震える子犬に、自分の姿を投影したのかもしれない。

それから、夜になる度に、犬に餌《えさ》を与えるようになった。犬に、色々なことを話した。返答などない。それでも良かった。理不尽な自分のことを誰かに聞いてもらうだけで、心が楽になった——。

五年の歳月が経《た》ったある日、黒野に大きな変化が起きた。

「お前には、任務に同行してもらう」

哲明が言った。

任務とは、具体的に何を指すのかは、黒野には分からなかった。しかし、それを質問することは許されなかった。

車に乗り込み、窓の外に目を向けると、遠くに成犬となった白い犬がいるのが見えた。

黒野は、それを見て微かに笑った。

哲明に連れて行かれたのは、閑静な住宅街だった。

そこで、もう一人の男と合流した。あとから知ったのだが、もう一人の男は、哲明と同じ趙という名で、二人は兄弟だった。

二人の趙は、黒い目出し帽を被《かぶ》り、拳銃《けんじゅう》を抜いた。

黒野は、指示されるままに、目出し帽を被り、少し遅れて二人のあとに続いた。

そのまま逃げることも考えた。だが、できなかった。自分は母親に見捨てられたのだ。今さら、逃げる場所などどこにもない。

それに、仮に逃げ出したとしても、彼らは執拗《しつよう》に黒野を追って来るだろう。哲明の実力は、充分過ぎるほどに分かっている。

弱冠十五歳の自分が、逃げ切れるものではない。

哲明も、それを分かっていたからこそ、拘束するでもなく、黒野を連れ出したのだろう。

心を閉じよう──自分にそう言い聞かせ、黒野は二人のあとを追った。

彼らは、一軒の家の前で立ち止まり、ピッキングツールで素早く鍵《かぎ》を開けると、家の中に消えた。

何だか、嫌な予感がした。

黒野は喉《のど》を鳴らして唾《つば》を呑《の》み込み、ドアを開けて恐る恐る家の中に足を踏み入れた。

途端、奥の部屋から銃声がした。

廊下を進み、そっと部屋を覗《のぞ》きこむと、そこには血塗《ちまみ》れの男女の姿があった。

女は絶命していたが、男の方は、まだ生きていた。

哲明が、黒野に視線を向ける。

――見ておけ。

そう言っているようだった。

哲明が、男の後頭部に銃口を突きつける。

やめてくれ――と男が懇願する。哲明は、その姿を嘲《あざけ》るように口許《くちもと》に笑みを浮かべた。

――嫌だ！

黒野は、気が付いたときには、走って家を飛び出していた。

背中に銃声を聞いた。

黒野は、家を出てすぐのところで、何かに躓《つまず》き、前のめりに転んだ。立ち上がる気力が湧《わ》かず、その場に蹲った。

涙が溢れた――。

どういう意味の涙なのか、黒野には分からなかった。ただ、溢れ出す涙を、止めることができなかった。

「臆病者《おくびょうもの》め！」

誰かが黒野の髪を摑《つか》んだ。

哲明だった。彼は、髪を摑んだまま黒野を引《ひ》き摺《ず》り、車に戻った。

施設に戻るまでの間、哲明は何も言わなかった。ときおり、蔑《さげす》んだ目線を黒野に向けるだけだった。

茫然自失《ぼうぜんじしつ》のまま、黒野は部屋に戻った。

身体は鉛のように重く、気がついたときには眠りに落ちていた。

翌日、目覚めた黒野の目の前に、見るもおぞましい光景が広がっていた。

あの白い犬が、首を切断され、血塗れの状態で部屋に放置されていたのだ。誰がやったかは、考えるまでもなかった。

黒野は、その白い犬にすがりつくようにして泣いた。

この犬は、黒野の唯一《ゆいいつ》の友人だった。それを、無残にも奪われたのだ。しかし、哲明に対する怒りは湧いてこなかった。

代わりに、黒野の脳裡《のうり》に、遊びに誘ってくれたクラスメイトの顔が浮かんだ。といっても、顔の造形ははっきり覚えていない。ぼんやりとしたイメージに過ぎない。が、それでも彼だと分かった。

「こんなの、大したことじゃない。だから笑えよ」

彼の声が聞こえた気がした。

それと同時に、波だった心が、すっと収まるのを感じた。気が付いたときには、黒野は笑っていた。

楽しいわけではない。笑顔の仮面を着けたのだ。

何も感じないように、笑い続けると決めたのだ。それからの黒野は、どんなに辛《つら》いことがあろうと、笑い続けた。

最初、気味悪がられたが、やがてそれが当たり前になった。

そして笑い男——と呼ばれるようになった。

「何がおかしい？」

哲明に問われ、自分が笑っていることに気付いた。だが、そんなことを問われても困る。自分は、常に笑っているのだから——。

「質問は、何だっけ？」

黒野が訊《たず》ねると、顔面への殴打《おうだ》で返された。

「もういい。お前は、何も知らない——始末しておけ」

哲明が、赤いドレスの女に言った。

女は小さく頷《うなず》くと、拳銃を抜いた。小型の拳銃、マカロフのPMだ。威力は小さいが、この至近距離なら間違いなく、弾丸は頭を貫通するだろう。

もう少し、苦しめられると思ったが、割りと楽に死なせてくれるらしい。

不思議と恐怖の感情は湧かなかった。

遊びに行く約束が、果たせそうにない——なぜか、そんなことを思った。

最期《さいご》に思い浮かんだのが、母親でもなく、あの白い犬でもなく、顔もはっきり思い出せないクラスメイトの少年だったことが、自分でも意外だった。

彼が、今どこで何をしているのかは知らない。自分との約束など、とうの昔に忘れてしまっているだろうに——。

哲明は、黒野を一瞥《いちべつ》したあと、ドアに手をかけた。

最期の瞬間を、見ないというのが意外だった。彼は彼なりに、黒野に特別な感情を抱いていたのかもしれない。

仮にそうだとしても、今さら何かが変わるわけではない。

黒野は静かに目を閉じた。

——撃たれる。

そう思った刹那、携帯電話の呼び出し音が鳴り響いた。

七

「こんなのに、乗ってくると思うか?」

真田は、懐疑的にならざるを得なかった。

山縣の作戦は、いたってシンプルだった。黒野の携帯電話にメールを送っただけだ。

内容は単純明快だ。

〈23:00に、以下の場所にてデータの受け渡しを行う。アメリカ大使公邸爆破の件についても、報告を乞う〉

短い文章に、地図のURLが貼り付けてある。

山縣のやろうとしていることは分かる。メールを送ることで、黒野を殺害しようとしている連中を、誘いだそうとしているのだ。

阻止するために動くのではなく、運命の流れを変えることで活路を見出《みいだ》す。クーチアンのときに、黒野が立てた作戦の応用だ。

黒野の居場所が分からない以上、有効な作戦だといえる。

しかし、薄氷の上を歩くような危うい作戦であることに変わりはない。

「私も、不安なんだけど」

公香も不満げに口を尖《とが》らせる。

「乗ってくるさ」

山縣が渋い顔で言った。

「もし、携帯電話が死んでたら？」

連絡手段を断つために、携帯電話を切ってしまうことは、充分に考えられる。

「取り上げられてはいるだろうが、携帯電話は生きているはずだ」

「なぜ、そう言い切れる？」

「彼らは、知りたがっているはずだ。なぜ、私たちが、クラブに居合わせたのか——その理由を」

確かにそうだ。彼らはクロノスシステムのことは知らない。

なぜ、計画した犯行が外部に漏れたのか、その理由を知りたがっているはずだ。

しかし——。

「もし、黒野が全部喋《しゃべ》っていたら？」

「そこは賭《か》けだな」

言葉とは裏腹に、山縣は黒野が何も喋っていないと確信しているようだった。

まあ、今の段階では、それを信じるしかなさそうだ。

「つまり、奴《やつ》らは黒野が何も喋らないので、携帯電話のデータから、背景にあるものを探ろうとする。だから、携帯電話を生かしておくってわけか」

真田の言葉に、山縣が大きく頷いた。

山縣の言う条件がクリアされていた場合、さっき送ったメールは相当なインパクトになるはずだ。

自分たちの計画の肝である、アメリカ大使公邸爆破についても書かれている。下手をすれば、全てが頓挫《とんざ》することになる。

頭の中を整理したところで、一つの考えが浮かんだ。

「携帯電話が生きているなら、電話した方が早いんじゃねぇのか？」

「それではダメだ」

即座に却下された。

「何で？」

「私たちは、黒野が拉致《らち》されたことに気付いていない——そういう体にしないと、相手を誘い出すことができない」

確かにそれは一理ある。

何か条件を出して、黒野と交換という提案をしたところで、向こうは待ち伏せされていると警戒するだろうし、そもそもメールに書いたデータなど存在しないのだから、追及されたらアウトだ。

「携帯電話が生きてるのであれば、その電波から居場所を割り出すことが、できるんじゃないんですか？」

疑問を口にしたのは、塔子だった。

その可能性は真田も一度は考えた。だが、電波から辿《たど》れるのは、携帯電話の電波の基地局までだ。半径数百メートルと範囲が広く、探しきれない可能性が高い。

GPSなどを使って、正確な位置を測定する機能もあるが、向こうもそれくらいのことは分かっている。機能をOFFにしてしまっているはずだ。

真田がそのことを説明すると、塔子は「すみません……」と、意気消沈して視線を落とす。

「謝ることじゃない」

真田は、塔子の細い肩を叩いた。

彼女は必要以上に自分を責めてしまうところがある。そういえば、志乃もそうだった——そんなことを思っていると、メールに返信があった。

〈了解〉

一言、それだけだった。

「かかったな」

山縣が呟《つぶや》くように言った。

「問題は、これからだな」

真田が言うと、公香が「そうね」と応じる。

向こうが何人いるか分からないが、手ぶらでノコノコと現われるとは、到底思えない。

「そうだな」

山縣は、静かにだが、はっきりとした口調で言った。

真田は口許に浮かぶ笑みを見逃さなかった。

黒野の存在で、このところ影が薄くなっていたが、山縣も相当な策士だったことを思い出した。

八

黒野は、新宿歌舞伎町にある、建設途中のビルの中に立っていた。

新宿歌舞伎町の広場に面した場所で、かつてコマ劇場があったところだ。今は取り壊され、複合施設の入った高層ビルが建設中だ。

基礎工事が終わり、下層部分の工事に着手したばかりで、防護柵《さく》で囲われていて、外からは内部の様子が分からないようになっている。

都会のど真ん中にありながら、夜の時間帯は人目につきにくい場所だ。

黒野は、ふっと息を吐き、コンクリートの巨大な柱に凭《もた》れた。両手は後ろに回され、ロープできつく縛られている。

抵抗できないようにするための処置だ。

抗《あらが》うつもりはない。そうしたところで、何かが変わるわけではない。

——何を考えている？

黒野は、パネルが剝き出しの状態の天井を見上げ、内心で呟いた。

哲明のやろうとしていることは分かる。黒野の背後にあるものを、焙《あぶ》り出そうとしているのだ。その内容如何《いかん》では、計画に大きな支障が出る。故に、黒野を囮《おとり》にして、あのメールの誘いに乗ったのだ。

問題は、メールを送って来た彼らの意図だ。

考えられる理由は一つ。黒野の救出作戦だ。しかし、感情がそれを否定する。彼らとの付き合いは、わずか二日程度だ。しかも、相当に嫌われていたと自覚している。自分自身で、そうしむけていたところもある。

そんな自分を、彼らが命を懸けて助けに来る理由がない。

黒野はチラリと視線を上げた。

十メートルほど先に、資材が積んである一角がある。その陰には、哲明ともう一人男が息を潜めている。

完全に気配を消しているので、容易に気付くことはできないだろう。

彼らは、訓練された兵士で、しかもサブマシンガンで武装している。山縣たちが来たところで、とてもじゃないが太刀打ちできない。

それだけではない。広場を挟んで向かい側――ミラノ座が入っているビルの屋上には、スナイパーライフルを構えた、赤いドレスの女が身を潜めている。

少しでもおかしな動きをすれば、すぐに狙撃《そげき》する手はずになっている。

仮に山縣たちが、救出作戦を実行するにしても、この場所を指定したのはミスだと言わざるを得ない。

これでは、飛んで火に入る何とやら――だ。

しかも、彼らは真田を失った。無鉄砲で、考え無しに突き進む傾向はあるが、それでも、彼はチームの中でもっとも戦力になる男だ。

真田のことを思い返すに至り、黒野は、胸にチクリと刺すような痛みが走った。

正直、彼のことが、嫌いだった。

彼は現実を見ていない。現状を正確に分析することなく、その場の感情だけで行動する。志乃のことにしても、必ず目を覚ますと、根拠のない希望を持ち、それを本気で信じている。

それが、黒野には滑稽《こっけい》に映った。現実を、絶望を知らない男だと嘲笑《あざわら》いもした。

だが、彼が死ぬのを見て、気付いたことがある。

――本当は、彼に憧《あこが》れていたのだ。

自分も彼のように、希望を抱きたかった。笑顔の仮面を捨て、怒り、泣き、そして笑いたかった。

ふと、真田の顔と小学校のクラスメイトの顔が重なった。

同じであるはずがないのに——。

「待たせたな」

暗闇の中から、声がした。

視線を上げると、ゆっくりと歩いてくる男の姿が見えた。暗くてはっきりと顔は見えないが、猫背気味のこの立ち姿は、山縣に違いない。

機動隊を引き連れて来るならまだしも、彼はたった一人だった。しかも丸腰だ。

これでは、殺して下さいと言っているようなものだ。

——なぜ来た？

黒野は、小さく首を左右に振った。

九

「着いたわ」

公香は、コインパーキングに車を停車させた。

現場まで少し距離はあるが、この辺りは路駐させる場所もない。ここからは、徒歩で向かうことになる。

「ありがとう」

助手席の鳥居は、丁寧に言うと車を降りて歩いて行く。

「ちょっと待って。私も行くわ」

公香は、慌《あわ》てて車の運転席から飛び降りてあとを追った。

今回の作戦は人手が足りない。そこで、例の如《ごと》く、臨時の助っ人《すけと》として鳥居に参戦してもらうことになったのだ。だからといって、鳥居一人で行かせるわけにはいかない。

足を止め、振り返った鳥居は、困ったように眉を顰める。

「ダメだ」

「何で？」

「危険だからに決まってるだろ」

「知ってるわよ」

公香は、鳥居につっかかった。危険だからこそ、彼を一人で行かせるわけにはいかない。

鳥居は黙って背中を向け、歩いて行こうとする。公香は、そうはさせまいと、彼の前に回り込んだ。

「私も行くって言ってるでしょ」

「真田以上に頑固だな」

鳥居が呆《あき》れたように言う。

「お陰様で」

「分かったよ」

鳥居が折れ、二人で並んで歩き出した。

ビルの入口を入り、通路を奥に進み、非常階段に出たところで、無線が入った。

〈現場に到着した。準備が出来たら報告してくれ〉

山縣からだ。

「了解」

公香が返事をすると、鳥居が「急ぐぞ」と一気にかけ出した。

——ちょっと、いきなり走らないでよ。

内心で文句を言いながらも、公香は必死に鳥居のあとを追って階段を駆け上がる。

想像以上にキツイ。息が切れ、胸が苦しい上に、太股《ふともも》の筋肉が悲鳴を上げる。それでも、何とか食らいつき、屋上へと通じるドアの前に辿り着いた。

激しく肩を上下させる公香に対して、鳥居は相変わらず平然としている。さすが元SATの狙撃手といったところだ。

「大丈夫か？」

鳥居が、公香に声をかけてくる。

デートの場面なら、こういう気遣いはありがたいが、今は切迫した場面だ。足を引っ張っているみたいで居心地が悪い。

「全然平気よ」

公香は、大きく深呼吸をした。

「そんな恰好《かっこう》で来るからだ」

鳥居が、微《かす》かに笑みを浮かべる。

公香は改めて、自分の姿に目を向ける。スパンコールの入った、白いパーティードレスという、おおよそこういう場には似つかわしくない恰好だ。

いろいろとバタバタしていて、クラブの一件から着替える余裕がなかったのだ。

「仕方ないでしょ」

「責めてはいない。それに、似合っているしな」

気落ちしないようにという心遣いなのだろうが、そういう言われ方をすると、何だかドキッとしてしまう。

山縣にも、鳥居のような気遣いが欲しいものだと思う。

彼は、上司としての気遣いは抜群だが、女性に対してという部分に関しては、真田といい勝負だ。

「こっちは、スタンバイできたわよ」

公香が無線に呼びかけると、山縣から〈了解。作戦開始だ〉と返答があった。

――いよいよだ。

公香は、喉を鳴らして唾を呑み込んだ。

十

黒野は、半ば呆れながら目の前に立つ山縣を見た。

なぜ、山縣は一人でノコノコとやって来たのか――それが分からなかった。

彼は真田と違って、思慮深く、冷静な判断ができる男だ。待ち伏せされていると気付かないはずがない。

「酷《ひど》くやられたな」

山縣が、しげしげと黒野を見つめる。

「なぜ来たんだ？」

黒野は、小声で訊ねた。

「決まってるだろ。君を助けるためだ」

「あなたたちに、その義務はない」

「そういう問題じゃない。君にとっては、非効率的な行為かもしれない。しかし、私たちにとっては、それが重要なんだ」

——理解できない。

黒野は、首を振った。

「それにしたって、一人で来るなんて自殺行為だ」

「変化は最小限に留めるべきだと言ったのは、君だろ」

山縣は、バタフライエフェクトのことを言っているのだろう。

確かにここに警官隊を引き連れて来れば、哲明たちがそれに気付き、予定を変更してしまうだろう。

それは分かる。しかし、だからといって、現状を打破する策がなければ意味がない。

「ここは囲まれている」

黒野は、わずかに視線を資材置き場に向けた。

山縣は小さく頷く。

「知っているよ。我々には、クロノスシステムがある」

――そういうことか。

クロノスシステムが、ここで黒野と山縣が殺されることを予知したのだろう。山縣は、予《あらかじ》めそれを知っていた。

つまり、何らかの対策を講じているということだ。

だとしても危険な賭けだ。クーチアンのときは、二対二の状況だったので、対処のしようがあった。今回も二対二ではあるのだが、黒野は手を縛られていて、戦力にはならない。しかも、相手は、訓練され、かつ武装した男たちだ。その上、離れた場所では、狙撃手が狙《ねら》いを定めている。

現状のメンバーだけで対処できる可能性はゼロだ。

「逃げて。今すぐ。返り討ちにあう」

「そうはいかない」

資材置き場で、微かに人の動く気配があった。

身を潜めていた哲明が、他に誰も来ないと判断し、動いたのだ。

――マズイ。

「動くな！」

哲明と、もう一人の男が姿を現わした。

ロシア製のサブマシンガンKEDRで武装している。装弾数こそ三十発とそれほど多くないが、ストックを入れても五十センチ程度で、小型軽量なため、屋内ではこの上なく扱い易《やす》い。

連射速度、威力も申し分なく、あんなもので撃たれたら、たちまち蜂《はち》の巣だ。

今、自分が囮になり、哲明に突進すれば、山縣だけでも逃がすことができるかもしれない――。

「今なら、まだ間に合う」

「君は、うちのチームを過小評価している」

山縣は、そう言うと、両手を挙げて無抵抗の意思表示をした。

――何を考えている？

困惑する黒野をよそに、山縣は小さく笑った。

十一

MONSTERに跨《また》がった真田は、ハンドルを握ったまま、じっと待っていた。アイドリング状態のエンジンの振動が、真田の緊張を高める。

——死ぬなよ。

真田は胸の内で呟いた。

黒野はいけすかない奴だ。その印象は、今も変わらない。しかし、それでも助けたいと思う。

彼の過去を聞き、同情している部分もある。同時に、苛立《いらだ》ってもいた。

——なぜ、理不尽な運命に抗わなかったのか？

黙って運命を甘受し、流されるままに生きたのだとしたら、それは死んでいるのと変わらない。

——ぼくの人生は、ずいぶん前に終わってるからね。

前に黒野が言っていた言葉が、脳裡を過ぎる。

あの時は、意味が分からなかった。だが、今なら分かる。望まぬ人生を生かされた黒野は、望みを全《すべ》て捨ててしまったのだ。そういう意味では、人生は終わっていたのかもしれない。

志乃を殺して楽にしてやった方がいい――と言ったのもそうだ。

黒野は、血も涙もない冷血漢だと感じたが、そうではなかった。彼は、志乃の境遇に自分を重ね、同情していたのだ。

それを理解したからこそ言いたい。

――お前の人生は、まだ、終わってなんかいない！

押しつけがましいかもしれないが、それでも、黒野には生き残って欲しいと思う。

〈突入〉

イヤホンマイクから、山縣の声が聞こえた。

――待ってました。

「行くぜ！」

真田は、MONSTERのアクセルグリップを、二度、三度ひねり、エンジンを空吹かししてから、一気にスタートさせた。

ウィリーをした状態で、バイクをビルに突入させる。

バイクの爆音が響きわたる。

ヘッドライトに照らされて、黒野と山縣の姿が見えた。

その脇に、サブマシンガンで武装した二人の男。そのうち一人は見覚えがあった。

クラブで会った白髪の男。趙哲明だ。

突然の真田の登場に、哲明ともう一人の男は、呆気《あっけ》に取られて目を丸くしている。

「邪魔だ！　どけ！」

真田は、哲明たちにバイクで突っ込んで行く。

彼らは銃を構えようとしたが、間に合わないと判断したのか、左右に分かれて柱の陰に身を隠した。

真田は、ドリフトターンを決めると、山縣と黒野の前にMONSTERを着けた。

「よう。生きてたか」

真田は黒野に軽く手を上げてみせた。

いつも不敵な笑みを浮かべている黒野が、さすがに面喰らった顔をしている。こいつも、こういう表情をすることがあるのか――と妙なところに感心してしまう。

「何で生きてる？」

黒野が、戸惑いの滲《にじ》んだ声で問う。

「知らなかったか？　おれは不死身でね」

「熱血バカの間違いだろ」

この状況で、飄々《ひょうひょう》とこういう軽口を叩く。本当に、分からない男だ。

だが、そういうのは嫌いじゃない。

「真田！　来るぞ！」

山縣が叫ぶ。

視線を走らせると、柱の陰から、哲明たちが銃を構えているのが見えた。真田に銃口を向けて引き金に指をかける。

――ヤバイ！

真田は、一気にバイクを加速させた。

十二

屋上に通じるドアの前に取り付いたところで、鳥居が、腰のホルスターから拳銃《けんじゅう》を抜いた。

公香も同じように銃を抜いてみたものの、手が震えていた。

これでは、とても引き金を引くことはできない。

この先には、スナイパーライフルを持った女が待ち構えているはずだ。そうと分かっていて、突入するのだから、それなりの覚悟がいる。

「頼りにしてるわよ」

公香が言うと、鳥居は無邪気な笑みを浮かべた。

いつも、険しい表情をしているだけに、こういうギャップのある表情はぐっと来る。

「任せておけ」

〈突入〉

イヤホンマイクから、山縣の声がした。

「行くぞ！」

鳥居は言うのと同時に、ドアを開けて屋上に飛び出した。

公香も、鳥居に続く。

屋上の縁にスタンドを立て、ライフルを構えている黒髪の女の姿が見えた。

真っ直《す》ぐ突進することも考えたが、設置されている巨大な電飾付の看板のせいで、それは難しそうだ。

鳥居に視線を送ると、彼は意図を察したらしく小さく頷き、壁沿いに左の方向に移動していく。

公香は、右側から回り込むように女に近づいて行く。

焦《あせ》ってはいけない。女の持っているライフルは、狙撃用のスナイパーライフルではない。連射が可能なアサルトライフルAK47だ。

あんなもので撃たれたら、ひとたまりもない。ギリギリまで距離を詰め、一気に接近戦に持ち込んで拘束するしかない。

――言うのは簡単だが、私にできるだろうか？

いや、やるしかない。

志乃の予知夢では、突入した真田が、遠距離からの狙撃で命を落とすことになっている。失敗すれば、真田の命はない。

――しかし、焦ってはいけない。

一気に距離を詰めれば、相手に気取られることになる。

公香も銃を持っているとはいえ、この位置からでは狙えないし、無理に撃ったところで命中させる自信はない。

仮に外せば、連射での反撃に遭うことになる。そうなればこちらが不利だ。

〈公香。聞こえるか？〉

イヤホンマイクを通して、真田から無線が入った。

こちらの状況を確認するためだろう。しかし、ここで返事をすれば、ライフルを構えた女に気付かれてしまう。

〈公香〉

公香は、無言のまま、女に近づいて行く。

たいして動いたわけでもないのに、額から汗が流れ落ちた。

――あと少し。

そう思った矢先、銃声が響き渡った。

女が引き金を引いたのだ。

――間に合わなかった。

目の前が真っ暗になった。

志乃の予知夢を元に、女に狙撃させないことが、公香たちの役割だったのだが、その作戦がたった今崩壊した。

胸の内に、言いようのない絶望が広がり、目眩《めまい》がした。

――なぜ、こうなった？

さっき真田が突入したばかりだ。志乃の予知では、彼女が撃つまでに、もう少し時間があったはずだ。

黒野が口にしていた、バタフライエフェクトを思い出した。

ここに至るまでの過程で起きた些細《ささい》な事象が、予定より早く、あの女に引き金を引かせてしまったのかもしれない。

「何てことなの……」

思わず口にしてしまった。

女がAK47を持ったまま振り返る。

――しまった。

思ったときには、もう遅かった。

十三

真田は、全速力でバイクを走らせた。

サブマシンガンの連続した射撃音が追いかけてくる。

弾丸は、壁やら柱に当たり、火花を散らした。

真田は、反対の壁まで進むと、再びドリフトターンして柱の陰に身を隠した。

この隙《すき》を突いて、山縣も黒野を連れて柱の陰に身を隠したのが見えた。

取り敢《あ》えず、第一段階はクリアだ。志乃が夢でこの状況を予知した。それによると、山縣と黒野は、あの二人組に射殺されることになっていた。

そして、真田は狙撃手によって撃ち殺される。

その夢を元に、作戦を立て直した。公香と鳥居が、狙撃手を押さえてくれるはずだ。

「公香。聞こえるか？」

真田は、イヤホンマイクに向かって呼びかける。

返事はなかった。

――何かあったのか？

「公香」

もう一度、声をかけるが、やはり返答はない。

〈真田。そっちに向かったぞ〉

舌打ちをしたところで、山縣から無線が入った。

真田は、柱の陰から顔を出す。

哲明ともう一人の男が、撃ち尽くしたマガジンを交換しながら、迫ってくるのが見えた。

不用意に突進するのではなく、柱を盾にしながら距離を詰めてくる。素早く無駄のない動きだ。

公香のことも気になるが、このままでは、狙撃される前に、あの二人に撃ち殺される。

真田は、ホルスターから拳銃を抜いた。

一応、射撃の訓練は一通りやらされた。しかし、それは止まっている的に当てる訓練だ。常に動いている人に命中させるのとは大違いだ。

それでも、やるしかない。

狙いを定めて発砲したが、案の定、命中はしなかった。

次の瞬間、哲明ともう一人の男が、サブマシンガンの銃口を真田に向けた。

――マジか！

真田は慌てて身を隠す。連続した射撃音とともに、弾丸が放たれた。

危うく蜂の巣になるところだった。

訓練されているだけあって、油断も隙もあったものではない。こういう奴らを相手にするときは、驚かせるに限る。

真田は拳銃を仕舞い、バイクのハンドルを握ると、アクセルをひねり、一気にバイクを加速させた。

大きく回り込みながら、バイクごと突進する。

哲明たちは、ヘッドライトの光に、手を翳《かざ》しながらも、サブマシンガンを乱射する。

真田は、蛇行しながら弾丸をかわす。

このまま一気に駆け抜ける——そう思った瞬間、バイクに衝撃があった。

車体に弾丸が命中したらしい。

真田は、コントロールを失ったバイクから振り落とされ、コンクリートの地面を転がった。

バイクは、壁に激突して横転する。

背中と膝《ひざ》に焼けるような痛みがあった。それでも、真田はどうにか身体《からだ》を起こす。

「愚かな」

すぐ目の前に、哲明が立っていた。

彼の持つサブマシンガンの銃口が、真田の額を狙っていた。

「クソが……」

飛びかかろうとしたが、思うように身体が動かなかった。

哲明の目が、冷たく光る。

彼は、嘲《あざけ》るような笑いを浮かべたあと、引き金に指をかけた。

　──ここまでか。

　真田は観念して目を閉じる。

　カチッと引き金を引く音がした。

　しかし、銃声はなかった。ゆっくりと目を開ける。

　哲明は何度も引き金を引く。だが、弾は出なかった。どうやら、弾詰まりを起こしたらしい。

　真田は、痛みを堪《こら》えて立ち上がる。

　哲明は舌打ちをしたあと、襟に仕込んだ無線のマイクに向かって「撃て」と指示をした。

　ビルの屋上に控えている、狙撃手に対する指示だ。

　公香たちが、狙撃手を押さえてくれていれば、反撃のチャンスも生まれる。もし、失敗していた場合は、真田の命はない。

　遠くで尾を引く銃声がした。

　真田は、身体に強い衝撃を受けて後方に吹き飛んだ。

十四

公香は、意を決して看板の支柱の間を縫うようにして走り出す。

女の持ったＡＫ47が火を噴いた。

連続した射撃音が響き、あちこちで火花を散らす。

躊躇《ためら》っている余裕はなかった。立ち止まれば、たちまち蜂の巣だ。公香は、無我夢中で右に左にとジグザグに動きながらも、女との距離を詰めて行く。

作戦が功を奏したらしく、女はうまく狙いを定められないでいる。

このまま一気に距離を詰めて、女をねじ伏せる。

「このっ！」

公香は、ＡＫ47の銃身を掴《つか》んで奪い取ろうとした。

女は、そう簡単には放さない。

二人で銃を掴んで揉《も》み合う恰好になった。

黒い髪を振り乱した女は、鬼気迫る顔だった。

「うっ……」

やはり、着替えてくるべきだった。ドレスにヒールという恰好のせいで、踏ん張りが利《き》かない。

条件は向こうも同じだが、だからこそ余計に——だ。

形勢逆転を狙って、頭突きをお見舞いしようとしたが、あっさりかわされた。

そればかりか、膝蹴《ひざげ》りをボディーにもらった。

向こうは、スリットの入ったドレスなので、足が自由に動くらしい。

公香は、痛みで思わず銃を放し、よろよろと後退《あとじさ》る。

女は、追い打ちとばかりに、公香の髪を掴んで振り回した。

ブチッと音がして、髪の毛が抜け、公香はコンクリートの床の上に倒れ込んでしまった。

「痛っ」

悔しさを滲ませながら顔を上げると、女が薄笑いを浮かべて立っていた。

AK47の銃口が、公香のすぐ目の前に突きつけられている。

「くっ」

「仲良くなれそうだったのに、残念ね」

女は、引き金に指をかけた。

――殺《や》られる。

そう思った刹那《せつな》、女の背後で何かが動いた。

鳥居だった。

女がその存在に気付いて振り返る。しかし、手遅れだ。鳥居は、目にも留まらぬ早業で、女からAK47を奪い取った。

自分の持っていたAK47の銃口を向けられた女は、為《な》す術《すべ》なく、両手を挙げ、無抵抗であるという意思表示をした。

「危なかったな」

鳥居が笑顔で言う。

――本当に、ナイスタイミング。

鳥居が来るのが、あとほんのわずかに遅れていたら、公香の命はなかった。何にしても、これで形勢逆転だ。公香は、立ち上がり女に歩み寄る。

と、次の瞬間、爆音がした。山縣たちがいる建設中のビルだ。

――何があった？

公香は、反射的に目を向ける。鳥居も同じように、視線を向けた。

女はそのわずかな隙を逃さなかった。腰に手を回し、ホルスターから拳銃を抜いたかと思うと、何の躊躇いもなしに鳥居に向けて撃った。

「ぐっ！」

鳥居が、短い呻《うめ》きを上げて崩れ落ちた。

——何てことを。

女は、すぐに振り返り銃口を公香に向ける。

——ピンチ再来だ。

十五

「大丈夫か？」

言われて、真田ははっと我に返る。

柱の陰になる位置に、横向きに倒れていた。撃たれたものとばかり思っていたが、身体のどこにも傷はない。

「おれは……」

「無事なようだな」

山縣だった。

どうやら、彼に助けられたらしい。衝撃を受けたのは、弾丸によるものではなく、山縣が体当たりか何かをしたのだろう。

狙撃されるはずの真田を、救ってくれたのだ。

「助かった」

「礼はあとだ。それより……」

山縣の言葉をかき消すように、連続した銃声が響き渡った。火花が散り、真田たちが身を隠している柱のコンクリートが削られる。

気を抜くのはまだ早い。哲明たち二人をどうにかしなければ、窮地を脱したとは言えない。

それに、真田には気がかりなことがあった。

「公香から連絡がない」

狙撃手は、公香と鳥居が押さえることになっていた。にもかかわらず、その二人からの連絡がなく、真田は狙撃された。

あまり考えたくはないが、二人に何かあったのかもしれない。

「分かっている。だが、その前に、奴《やつ》らをどうするかだ」

山縣は、苦い顔で言った。

まさにその通りだ。哲明たちを押さえなければ、自分たちはここで殺されるのがオチだ。

真田は、様子を窺《うかが》おうと、慎重に柱から顔を覗《のぞ》かせる。

途端、弾丸の雨あられだ。

「参ったな」

真田は舌打ちをする。

相手は二人――一気に距離を詰めて、肉弾戦に持ち込めば、やれないことはない。しかし、そのためには、少しばかり陽動が必要だ。

「銃は持ってるか？」

真田は、山縣に訊《たず》ねる。

「いいや。丸腰だ」

普段から、真田たちには銃を携帯しろと口やかましく言うクセに、当の自分が不携帯とは、呆れてものが言えない。

真田は、腰のホルスターからニューナンブM60を取り出し、山縣に差し出した。

「何をするつもりだ？」

山縣の質問に、真田は視線で答えた。

それだけで、山縣は理解してくれたらしい。大きく頷《うなず》き、拳銃を受け取った。

山縣は、射撃でオリンピックの代表候補にもなった腕前だ。撃つのは、彼に任せた方がいい。

「3で行こうぜ」

「分かった」

「1、2、3」

言い終わると同時に、山縣が狙いを定めて拳銃の引き金を引いた。

発射された弾丸は、横倒しになっているMONSTERの手前に着弾した。

弾丸は床に跳弾して火花を散らす。

その火花は、MONSTERのタンクから漏れ出したガソリンに引火し、爆音とともに真っ赤な火柱を巻き上げた。

哲明たちが、呆気にとられている。作戦成功だ。

——ゴメン。

真田は、燃え上がるMONSTERに詫《わ》びながら、一気に駆け出した。

走りながら、大きく跳躍し、目の前にいた男の顎先《あごさき》に、膝蹴りを繰り出す。

確かな手応《てごた》え。

男は、血を撒《ま》き散らしながら仰向《あおむ》けに倒れる。

「あと一人！」

振り向き様、哲明に回し蹴りをお見舞いしたつもりだったが、空を切った。

軽快なバックステップで、真田の攻撃をかわした哲明は、サブマシンガンのストック部分で、真田の顎を打った。

フラッシュダウンの恰好になり、真田はよろよろと後退る。

頭を振って顔を上げると、哲明の構えた銃が真田に狙いを定めていた。

――ここまでか……。

一瞬、死を覚悟した真田だったが、哲明の背後に回り込む黒い影を見た。山縣だ。

山縣が、照準を定めようとした刹那、哲明がくるりと身体を反転させ、引き金を引いた。

「ぐわっ」

銃声とともに、山縣が肩を押さえ、仰《の》け反《ぞ》るようにして倒れた。

後ろに目でもついているのか――。

真田は驚きつつも、この隙を逃すまいと、哲明に飛びかかろうとした。

しかし、それより哲明の方が速かった。

再び真田に銃口を突きつけたのだ。

——万事休す。

十六

すぐ目の前に、銃口が突きつけられている。

頼みの綱である鳥居は、撃たれた腹を押さえたまま動かない。

打つ手無しだ。このままじっとしていれば、確実に殺される。こうなったら、一か八かだ——。

公香は、一気に女に飛びかかった。

女が引き金に指をかける。

銃声が轟《とどろ》くのと、公香が拳銃を持った女の手を弾《はじ》くのが、ほぼ同時だった。

弾丸は、空に向かって放たれる。

さっきはかわされたが、今度こそは——公香は、ヒールで女の足を踏みつけながら、頭突きを繰り出した。

女の鼻っ柱に命中した。

怯《ひる》んだ隙に、銃を持った腕に嚙《か》みついた。

「ぎぃ」

悲鳴とともに、拳銃は女の手から滑り落ちる。

女は、日本語ではない言葉で、何ごとかを叫んだ。

意味は分からないが、怒りと悔しさが滲んでいるのは、痛いほどに伝わってきた。

何にしても、これで女同士の素手の勝負に持ち込んだ。

女は、鬼のような形相で右の拳《こぶし》を振り上げた。

そんなに感情を剝《む》き出しにしていたら、攻撃は丸わかりだ。

公香は、冷静にその腕を脇《わき》で抱えるように受け止め、そのまま押し倒し、彼女の上に馬乗りになった。

喚《わめ》き声を上げながら、暴れる女の頭を押さえつける。

急に女が大人しくなった。観念したのかと思ったが違った。

切れ長の目が、冷徹に光る。

――え？

思ったときには遅かった。

右腕に強烈な痛みが走る。

公香は、咄嗟《とっさ》に腕を押さえる。

女は、その隙を逃さず、馬乗りになっている公香を跳ねのけた。

公香は床を転がり、何とか立ち上がる。

右腕には、三センチほどの切り傷が出来ていて、そこから血が滴《したた》り落ちていた。見ると、女の手には小型のナイフが握られている。

次から次へと——全身凶器のような女だ。

しかし、感心ばかりもしていられない。これは、絶体絶命だ。

——何か手はないの？

視線を走らせた公香は、自分の足許《あしもと》に、あるものを見つけた。これは使える。だが、あの女がみすみすチャンスをくれるとは思えない。

結論が出せないうちに、女がナイフを振り上げ、襲いかかって来た。

——やるしかない。

公香は素早く身を屈《かが》めると、足許にあったAK47の銃身を手に取り、ストックの部分で女の膝に、渾身《こんしん》の一撃をお見舞いした。

女は、膝を押さえてのたうち回る。

「またまた形勢逆転ね」

公香が言うと、どういうわけか女は蹲《うずくま》ったまま、クツクツと声を押し殺して笑い始めた。

——嫌な予感がする。

思ったときには遅かった。女は、ガバッと身体を起こす。

その手には、さっき落とした拳銃が握られていた。

銃を撃とうにも、公香は銃身の方を持ってしまっている。これでは引き金は引けない。殴りかかったとしても、その前に撃ち殺されるのは必至だ。

——ヤバイ。

絶望にも似た虚脱感に襲われた公香は、固く目を閉じた。

しかし、銃声は聞こえなかった。

怯《おび》えながら瞼《まぶた》を開けると、女が大の字に伸びていた。その傍らには、銃を持った鳥居の姿があった。

どうやら、鳥居が女を押さえてくれたらしい。

「遅くなった。すまない……」

鳥居は掠《かす》れた声で言うと、その場にへたり込むように尻餅《しりもち》を突いた。

見ると、脇腹の辺りが血でベットリと濡《ぬ》れている。

「ちょっと、大丈夫？」

公香は、慌《あわ》てて駆け寄る。

「弾は貫通している。たぶん、大丈夫だ」

鳥居は表情を歪《ゆが》めながら答える。

本当に、涼しい顔をして無茶をする。だが、そういうところが、妙にかわいく思えてしまったりする。

「待って。今、救急車を呼ぶから」

「その前に、山縣さんたちに連絡を……」

――そうだった。

十七

真田は、眼前に突きつけられた銃口を睨《にら》み付けた。

残念だが、そんなことをしたところで、状況は何も変わらない。

「お前たちは、何者だ？」

哲明が、流暢《りゅうちょう》な日本語で訊ねてきた。

悪いが、素直に答えてやるほどお人好《ひとよ》しでも、臆病者《おくびょうもの》でもない。

「正義の味方だ」

「言う気はないようだな」

「ご名答」

「なら死ね」

哲明が引き金に指をかけた。

——殺られる！

真田は、思わず目を閉じる。

銃声が尾を引き、こだまのように反響する。

痛みはなかった。目を開けると、真田を狙っていた哲明が、血の流れる腕を押さえて蹲っていた。

——何があった？

視線を走らせると、硝煙の立ち上る銃を構えている黒野の姿があった。

「無鉄砲というよりバカだな」

「うるせぇよ。助けてやったんだから、礼が先だろ」

真田は苦笑いを浮かべながら返す。

「お互い様だ」

黒野は小さく笑った。

——相変わらず、かわいげのない野郎だ。

「真田！　黒野！」

ゆらゆらと山縣が起き上がりながら叫んだ。

哲明が、撃たれた腕を押さえながらも立ち上がってきた。その目は死んでいない。

この状況にしてなお、爛々《らんらん》と輝きを放っている。

「撃て——」

哲明が、小声で言った。しかし、何も起こらなかった。

彼は戸惑いの表情を浮かべる。

〈狙撃手《そげきしゅ》は押さえたわよ！〉

無線を通じて、公香の声が飛び込んで来た。どうやら無事だったらしい。

「屋上のスナイパーは、取り押さえたぜ」

真田は、哲明に教えてやった。

スナイパーは、彼らの切り札だったのだろう。哲明は、ギリギリと歯軋《はぎし》りをする。

三対一——これで、絶対的な優位に立った。この男を押さえれば、爆破事件の全容を明らかにすることができるだろう。

真田が、哲明に向かって歩み寄ろうとしたそのとき、破裂音とともに、強烈な閃光《せんこう》が辺りを包んだ。

目の前が真っ白になり、地面がぐらぐらと揺れる。

何が起きたのか分からなかった。

「フラッシュバンだ」

困惑する真田の耳に、黒野の声が届いた。

フラッシュバンは別名閃光弾と呼ばれるもので、殺傷能力はないが、強烈な音と光で視覚と聴覚を麻痺《まひ》させる働きがある。

「クソっ！」

真田は、怒りとともに吐き出しながら、目を瞬《しばたた》かせる。

しばらくして、ようやく視界が戻って来た。しかし、ビルの中から、あの男の姿はきれいに消えていた――。

第五章　CHASE

一

黒野は、はっと目を覚ました——。

ひどく悪い夢を見ていたようだが、具体的にどんな夢だったのかは思い出せない。鈍痛のする頭を抱えて身体《からだ》を起こす。どうやら、自分は病院のベッドの上にいるらしかった。

白いレースのカーテンから、雨上がりの柔らかい陽が差し込んでいる。

「お目覚めだな」

声がした方に目を向ける。

病室のドア口のところに立っている人影が見えた。メガネがないので、その姿は朧《おぼろ》気《げ》だが、声で分かる。真田だろう。

「お陰さまで」

黒野が答えると、真田が「ほらよ」と何かを投げて寄越した。

メガネだった。黒野はそれをかける。ようやく、真田の姿が確認できた。怒っているかと思っていたのだが、彼は穏やかな顔をしていた。

「一つ、訊《き》いていいか？」

黒野は、指先でメガネを押し上げながら訊《たず》ねた。

「何だ？」

「君は、屋上で死んだはずだ」

おそらく、クロノスシステムで予知はされていただろうが、あのとき黒野も真田も、そのことは知らなかった。

しかも、死角からの狙撃《そげき》だった。避けようがない。銃声がしてから、弾丸を避けられる反射神経を持った人間など、この世には存在しない。

にもかかわらず、真田は生きている――。

真田は、何がおかしいのか小さく笑った。

「聞こえたんだ」

「何が？」

「志乃の声だ。逃げて――ってな。お前は、幻想だって言うかもしれない。だけど、あの瞬間、確かにおれには志乃の声が聞こえた。だから、咄嗟《とっさ》に身体が反応して、致命傷を免れたってわけだ」

真田は、おどけたように手を広げてみせた。

——あり得ない。

それが、黒野の率直な感想だ。志乃は、眠りについたままだ。彼に声を届けることなど、できるはずもない。

しかし、いくら否定してみたところで、真田が生きているという現実がある。

「空耳だ」

黒野は、小さく首を振った。

また感情を爆発させるかと思ったが、真田は意外なことに小さく頷《うなず》いた。

「かもな」

「珍しく認めるのか？」

「ああ。でもな、それでもおれは信じたい」

真田の言葉は力強かった。

幻想であったとしても、自分の望むものを信じるというのか——つくづく分からない男だ。

呆《あき》れると同時に、羨《うらや》ましいと思う自分がいることに気付いた。

——そうか。だから、彼に苛《いら》ついていたのか。

今さらのように、黒野は自分の本心を知った。この男は、どんな逆境に立たされても、自分の未来に絶望したりしない。そういう強さを持っている。

黒野には、それができなかった。

だから、笑顔の仮面を着け、笑い男と呼ばれたのだ。

「何て顔してんだ」

真田が、ため息混じりに言った。

「顔？」

「お前が、そんな神妙な顔をしてるのは似合わない」

「なら、どんな顔をすればいい？」

「笑っとけ」

真田の物言いがおかしくて、黒野は思わず表情を緩めた。仮面ではない、自然な笑みだったような気がする。

こんな風に笑うのは、きっとあのとき以来だろう。

「まあ、とにかく少し休め」

真田は、そう言うと病室を出て行こうとする。黒野は、それをすぐに呼び止めた。

「事件は——どうなった？」

「犯人の目星もついたし、ここからは、警備部が動くことになった」

「ターゲットの警護を強化するってことか？」

「そうだ。おれたちだけで動いていたのは、犯人をおびき出す目的だったが、こうなっちまったら、おびき出すもクソもないからな」

確かにそれは一理ある。

これだけの動きがあったあとだ。しかも、メールで山縣が爆破の件を知っていると臭《にお》わせた。バレていると分かっている計画を、わざわざ実行に移すバカはいない。

しかし、それでも黒野の中に、妙な引っかかりがあった。

「クロノスシステムは？　志乃は、新しい夢を予知したのか？」

「いや、今のところは何も……まあ、だからこそ、これ以上の動きがないって判断なんだろうけどな」

――本当にそうなのか？

黒野は、頭を働かせる。そして、一つの結論に達した。それは、今まで疑問であったこと全《すべ》てをつなぐ考えだった。

「違ったんだ」

黒野は、ベッドから飛び降りた。

「何？」

「奴《やっ》らの目的は、暗殺でもテロでもなかったんだ――」

二

山縣は、プレジデントの後部座席に座っていた。

隣に乗っているのは、例の如《ごと》く唐沢だった。

「傷は大丈夫なのか？」

唐沢が訊ねてきた。

「一応は」

黒野救出の際に、山縣は肩を撃たれた。幸い、弾は貫通していて、骨にも異常はなかった。とはいえ、痛みがあるのは事実だ。

「それにしても大変な騒ぎを、起こしてくれた」

表情は憮然《ぶぜん》としているが、その声は、心做《こころな》しか弾んでいるようにも思える。

「そうですね」

山縣は、頷いてみせた。

確かに大変な騒ぎになった。黒野を救うことはできたものの、首謀者と思われる哲明を取り逃がしてしまった。

その上、鳥居は腹部に銃弾を受けて重傷を負い、公香の付き添いで救急病院に搬送された。

命に別状はないとのことだったが、一歩間違えれば危なかった。

策士などと言われているが、こういう状況になると、自信が持てなくなる。

「まあ、不測の事態はあったが……クロノスシステムが、順当に機能し始めたと言っていいだろう」

「ええ」

「要因は、何だと思う？」

「分かりません。が、黒野の存在が大きいことは、確かだと思います」

それが山縣の正直な意見だった。

今まで、志乃が予知した人の死を止めることができなかった。だが、黒野が加わってから、その流れに変化が生まれた。

黒野単独の力というより、それに真田が加わり、歯車が嚙《か》み合ったという感じだ。

「彼のことは、いろいろと調べたんだろ」

唐沢が、流し目で山縣を見る。

さすが公安のトップを張るだけのことはある。こちらの動きなど、百も承知といったところだ。

「否定はしません」

「悪いとは言っていない。自分の部下の素性を知ろうとするのは、上司として至極当然の行為だからな」

唐沢がニヤリと笑う。

本当に底の見えない男だと思う。だが、そうでなければ、ここまでの地位に這《は》い上がることはできないだろう。

「一つ、訊いてもよろしいですか？」

「何だ？」

「黒野は、なぜ工作員を抜けたのですか？　それと、彼を我々の元に、配属した理由は何ですか？」

「それでは、質問が二つだ」

「そうでしたね」

山縣は、返事をしながらも、唐沢の横顔を見据えた。

この二つの質問の答えを聞くまでは、一歩も退《ひ》かないという強い意志を持っていた。

唐沢もそれを察したのか、ため息を吐《つ》いた。

「黒野が、北朝鮮の工作員養成施設から抜け出せたのは、君たちが大きく関係している」

「趙泰英の一件ですか？」

「そうだ」

唐沢が頷いた。

趙泰英は、哲明の兄で、北朝鮮からの工作員だった。それだけでなく、麻薬シンジケートを統括していた男でもある。

麻薬密売で稼いだ金は、北朝鮮本国に送金されていた。

その趙の組織を潰《つぶ》したのが、誰あろう山縣たちだった。といっても、最初からそうしようとしたわけではない。

夢で人の死を予見する少女――つまり、志乃と出会い、彼女の予知を止めようとした結果、そうなっただけのことだ。

唐沢は、一呼吸置いてから続ける。

「あの事件のあと、組織はトップを失っただけでなく、本国が自分たちに捜査の手が及ぶことを怖《おそ》れ、彼らを見捨てた。それにより、一時的に崩壊した。そんなとき、黒野の方から警察に接触して来たんだ。彼らの情報を渡す――と」

「なぜ？」

「それは、分かっているだろ。黒野は、望んで工作員の手先になったわけではない。抗《あらが》えなかったんだ」

「そうでしたね……」

わずか十歳にして、拉致《らち》に等しい状態で養成施設に放り込まれたのだ。彼は、虎視《こし》眈々《たんたん》と逃げ出す機会を窺《うかが》っていたはずだ。

そして、趙泰英が逮捕され、組織が弱体化したタイミングをみて、警察に接触した。

「彼の情報は正確だった。おかげで、われわれは趙泰英の事件の概要を、素早くかつ正確に摑《つか》むことができた。しかし、問題はその後の彼の身の振り方だ」

唐沢は、ここで言葉を切った。

あとは説明しなくても、分かるだろ――目はそう言っている。その通り、おおよその想像はつく。

警察としては、黒野が二重スパイである可能性を拭《ぬぐ》いきれなかった。野に放つより、監視下に置くという判断を下した。

「彼は、我々と同じように、業務委託の契約者ってことですね」

「そんなところだ。北朝鮮関連組織のアナリストとして、手許《てもと》に置いておいたんだ」

「その彼を、なぜうちに？」

「彼の分析力は役に立つと思った。それに、彼が望んでいたからだ」

「黒野が？」

　意外な回答だった。

「直接、君たちに協力したいと言ったわけではない。彼が欲していたのは、自由でも、失われた過去でもない。君たちなら、彼の望むものを与えてやれると思ったんだ」

「それは何です？」

「居場所だ――私は、それを与えてやりたかった」

　山縣は、唐沢の言葉に思わず目を剝《む》いた。

「そんな顔をするな。私だって、感情はある」

　唐沢は、少しはにかんだように笑った。この男も、こんな顔をするのか――山縣には、それが少し意外だった。

　話が一段落着いたところで、唐沢の携帯電話に着信があった。

「唐沢だ」

　電話に出た唐沢は、じっと押し黙って電話の声に耳を傾けている。

その顔が、みるみる青ざめて行くのが分かった。

「キャサリン・フォスター駐日大使が、拉致された——」

唐沢は、顔面蒼白《そうはく》のまま、絞り出すように言った。

「拉致？」

「そうだ。空港から、大使公邸に向かう途中の道路で、トレーラーと衝突事故を起こした」

「事故ではなく、故意にぶつけられたものだった——そういうことですか？」

「そのようだ。トレーラーから、銃を携帯した複数の男たちが現われ、フォスター大使を拉致したようだ」

唐沢は、舌打ち混じりに吐き捨てた。

三

真田は、応接室のソファーで、驚きとともに山縣の報告に耳を傾けていた。

公香も真田と同様に驚きを隠せないでいる。

「やっぱりそうなったか——」

一人、平然としていた黒野が、メガネを指で押し上げながら言った。

「まるで知ってたみたいだな」

真田が突っ込むと、黒野がにやっと笑った。

「ぼくも気付いたのはさっきだ。もう少し早く目を覚ましていれば、止められたかもしれないけどね」

確かに、黒野は病院で何か重大なことを思いついたような口ぶりだった。

「どういうことだ？」

「順を追って考えよう。まず、最初に殺害された野呂義一。彼は、商売の傍ら、密輸に絡《から》んでいた。おそらく、犯行に使用された銃器などの密輸を手配していたのが野呂だ」

「その野呂は、なぜ殺された？」

「たぶん、哲明たちの計画を知り、彼を強請《ゆす》ったからだろう」

黒野が肩をすくめてみせた。

——なるほど。お決まりのパターンというやつだ。

「哲明たちからしてみれば、野呂に強請られることより、計画が事前に漏れることの方を怖れた。だから消したってわけか」

「君にしては、珍しく冴《さ》えてるね」

黒野が真田を指差した。

――ひとこと余計だ。

文句を言いたくなる気持ちを堪《こら》えて話を進める。

「二人目の男は？」

真田が訊ねると、黒野は山縣に視線を向けた。

「殺された男の身許は、分かったんですよね」

黒野に問われて、山縣は大きく頷いた。

「彼の名は、デビッド・R・クラーク。アメリカ大使館の職員だ。例のクラブに通っていたらしい」

「そこに哲明が接触した。まあ、正確には、赤いドレスのあの女だけどね」

「哲明とつながっていた、あの赤いドレスの女は、デビッドから、キャサリン・フォスター大使のスケジュールを入手しようとしたってわけか」

真田は、頭に浮かんだ答えを口にした。

「そういうこと」

黒野が、得意げに言う。

なるほど――と思いはしたが、真田にはまだ分からない点があった。

「だったら、そのデビッドは協力者だろ。殺す必要はない」

「それでも殺さなければならなかった」

「なぜ？」

「良心の呵責《かしゃく》――ってやつ？」

口を挟んだのは公香だった。

「簡単に言えば、そういうことだね。スケジュールを伝えるだけだと割り切ったつもりだったけど、あとになって、それがどんな結果をもたらすのかを考え、怖くなったんだ。事前に計画が漏れることを怖れた哲明は、彼を消すことを考えた。最初は、クーチアンを使おうとしたけど、ぼくたちに阻止された。そこで、自分が動くことになった――というわけだ」

ここまでの説明は分かった。

しかし、肝心なところが見えて来ない。なぜ、黒野は今回の一連の事件が、暗殺やテロではないと断じたのか――だ。

真田がそのことを訊ねると、黒野は小さく首を振った。

「今回は、事件の黒幕が誰か分からなかった――だから、ぼくは最初、彼女の予知夢は、テロか暗殺の線だと踏んでいた」

「黒幕は哲明なんだろ」

真田が言うと、黒野が「間違いなく彼だ」と断言した。だとしたら——。

「だったら、なおのことテロもしくは、暗殺が目的じゃねぇのか?」

「違うね」

黒野は、真田の意見に不敵な笑みを浮かべながら、メガネを押し上げる。

「どうして? アメリカに対する挑発行為って考えれば、筋が通る」

「通らない」

「どうして?」

口を挟んだのは公香だった。

「北朝鮮が、一番怖れているのはアメリカだ。彼らに本気で攻められたら、一瞬で国は滅びる。今までの瀬戸際《せとぎわ》外交も、挑発はするがギリギリのところで踏み留まっている。もし、駐日アメリカ大使を暗殺しようものなら、それはすなわちアメリカとの即時開戦を意味する」

言われてみれば、確かにそうだった。

あの国は、散々挑発はするが、それを実行に移すことはなかった。絶妙な引き際を心得ていると言っていい。

「彼らが、瀬戸際外交をやる理由は、援助を引き出すためだ。そうまでしないといけないほど、あの国の国内事情は切迫しているんだ」

山縣が黒野の説明に補足した。

それは真田も理解している。だが、だからといって納得できたわけではない。

「現に、奴らはアメリカ大使の公邸を爆破しようとしていただろ」

志乃は、それを予知したのだ。

「それについては、北朝鮮の意向ではない——ということだよ」

「何？」

真田は、黒野の説明に思わず目を剝いた。

「哲明たちのグループは、中西運輸の一件で解散を余儀なくされた」

「どういう意味だ？」

真田は、ずいっと黒野に顔を近付けた。

「どうもこうもない。言葉通りだよ。北朝鮮は、趙泰英のことも知らぬ存ぜぬを押し通し、国際問題化するのを避けたんだ。だから、ぼくは、彼らから抜け出すことができたんだ」

黒野の笑いが、どこか哀《かな》しげに見えた。

彼の過去については、山縣から聞かされて知っている。もし、組織が存続していたとしたら、黒野は真田たちの敵に回っていたかもしれない。

「じゃあ、今回の計画は、どういう意図で行われたんだ？」

「趙泰英の逮捕後、残った工作員は本国から斬《き》り捨てられたんだ。そこで哲明は、兄である泰英の残党を率いて、独自の犯罪組織を作り上げていった」

「だから、クーチアンだったのか……」

真田は納得して手を打った。

哲明が黒幕だったとして、なぜ、中国の元人民解放軍の工作員と組んでいたのか――その理由が分かった。

クーチアンは、哲明が日本に残って作り上げた犯罪組織の一員だったというわけだ。

「そいつらが、テロを企てた――そういうことね」

公香が言うと、黒野が首を横に振った。

「だから違うって。本国との関係を断たれ、工作員ではなく、犯罪組織と成り果てた彼らが、アメリカに対してテロを起こす理由がない」

「じゃあ、何なんだよ」

真田は苛立ちを露《あら》わにしながら言った。

「志乃が予見した、公邸前の爆破も、被害に遭ったのは、たまたま周囲にいた人たちだ。奴らは、あの爆発に乗じて、フォスター駐日大使を拉致しようとしていたんだ」

「昨晩の一件で、自分たちの計画が露呈していると悟り、移動中を襲撃して拉致する作戦に変更した──そういうことだな」

山縣が締め括《くく》ると、黒野が大きく頷いた。

複雑ではあるが、だいたいの事情は把握した。しかし、肝心な疑問の答えがまだ見えない。

「なぜ、駐日大使を拉致したんだ?」

真田が訊ねると、黒野は指先でメガネを押し上げた。

「彼らの目的は、趙泰英の釈放だ──」

四

黒野の口から飛び出した、あまりに想定外な言葉に、公香は唖然《あぜん》としていた。

突きつけられた事実を、どう呑《の》み込んでいいのか分からなかった。

「まさか、そんなことのために、これだけの事件を起こしたってわけ？」

どうにか絞り出すように言った。

黒野は、相変わらず薄い笑みを浮かべたままだ。この顔を見ていると、動揺しているる自分の方がおかしいのでは——とすら思えてくる。

「そんなこと——って考えるのは、価値観の違いだ」

「どうして？　そんなことでしょ？」

「違う。泰英は哲明の兄なんだ。このまま行けば、日本の法で裁かれ、死刑判決が出るのは確実だ。それを救おうと思うのは、至極当然の行為じゃないか？」

「そうだけど……でも……」

「犯罪者だって、守りたい人はいるさ。それに、趙泰英を釈放させることで、彼らの組織は再び息を吹き返すことができる」

公香にだって守りたい人はいる。だからこそ、今も必死になって奔走している。

それは理解したが、やはりバカげた作戦だと言わざるを得ない。

「日本政府が、釈放するわけないでしょ」

「いや、逆だ。日本政府だからこそ、釈放の可能性がある」

公香の意見を否定したのは、山縣だった。

「どういうこと？」

「前例があるんだよ。一九七五年に起きた、クアラルンプール事件。それに、一九七七年に起きたダッカ日航機ハイジャック事件――」

「何それ？」

事件の名称は聞いたことがあるような気がするが、それがどういう事件だったのかまでは分からない。

「クアラルンプール事件では、クアラルンプールにある米大使館とスウェーデン大使館が、日本人と見られるゲリラに占拠され、犯行グループは五十二人を人質に立て籠《こ》もった。彼らの要求は、日本に収監されている七人の活動家の釈放だった――」

「まさか、釈放したの？」

公香は驚きとともに訊ねた。

山縣は、渋い顔で頷いた。

「人命を尊重した上での、超法規的措置として、旅客機まで用意して出国させてしまった」

「嘘《うそ》でしょ……」

人命がかかっているとはいえ、信じがたい行為だ。

「ダッカ日航機ハイジャック事件では、乗員乗客を人質に捕り、六百万ドルと日本に服役、勾留《こうりゅう》されている九人の釈放を求めた。これに対しても、超法規的措置として、犯行グループの要求を、全面的に呑んだ」

まさか、過去にそんな事例があったとは――公香は、驚きで言葉も出なかった。

「日本人を誘拐したのであれば、こうはいかない。外国人を人質にしているというのがミソなんだ」

黒野が、補足するように言った。

「日本は外交的な圧力に、異様に弱いってことだな」

真田が、険しい顔で言った。

「珍しく呑み込みが早いね」

黒野が茶化す。

「うるせぇ！」

真田が威嚇《いかく》するように、拳《こぶし》を振り上げたが、黒野は全く動じることなく、淡々と話を続ける。

「とにかく、今回人質になっているのは、就任したばかりのキャサリン・フォスター駐日大使だ。何かあれば、ただでは済まされない」

「趙泰英を釈放する可能性が高いってこと?」

公香が、震える声で言うと、黒野と山縣が同時に頷いた。

――何てことだ。

完全にしてやられた。ここから先は打つ手無しだ。

志乃が予知するのは、あくまで人の死だ。今回のキャサリン大使の拉致も、予知できなかったように、死人が出なければ、未来は分からない。

あとは、黙って事の成り行きを見守るしかない。しかし、その結果として、趙泰英が釈放されるかもしれないのだ。

あの男が野に放たれれば、また多くの人が死ぬ。それを分かっていながら、黙って見ていることしかできない――。

真田も、山縣も、石になったように押し黙ってしまった。

「一つだけ、とっておきの方法があるんだけどな」

沈黙を打ち破るように、黒野がニヤケ顔で言った。

公香を含めて、全員の視線が黒野に向く。黒野はゆっくり立ち上がると、そのとっておきの作戦の説明を始めた。

それは、驚愕《きょうがく》に価《あたい》する内容だった――。

「そんなの無理よ。失敗したら、どうするつもり？」

それが公香の素直な感想だった。

しかし、真田は違った。

「やろうぜ」

「あんた、本気で言ってんの？」

公香が問い詰める。しかし、真田は公香など見ていなかった。

「本気だ。おれは、黒野に懸ける」

真田は、視線を真っ直《す》ぐ黒野に向けながら、力強く言った。

五

「君は、本気で言っているのか？」

プレジデントの後部座席で、唐沢が驚きを露わにした。

彼をもってして、ここまで感情を表に出すのは珍しい。それほどまでに、今、山縣が語った作戦は奇抜なものだった。

「はい」

山縣は、大きく頷いてみせた。

「発案者は、黒野だな」

唐沢が、苦い顔をする。

説明するとき、山縣は自分の発案だと言った。手柄が欲しいわけではない。何かあったとき責任を取るためだ。

「なぜ、そう思うんですか?」

「君は策士だが、その策は、あくまでリスク回避を念頭に置いている。今回のような、リスクを逆手に取るような作戦は思いつかんよ」

こうも見抜かれていると、否定する言葉が見つからない。

「仰《おっしゃ》る通りです。黒野が立案した作戦です。しかし、責任は全て私が……」

「何も分かってないな」

唐沢が、強い口調で遮った。

「私は……」

「責任云々《うんぬん》と言うが、君はどう責任を取るつもりだ?」

唐沢の鋭い視線が突き刺さる。

「お気のすむようにして頂いて構いません」

「それが、何も分かっていないと言っているんだ。失敗すれば、警察の信用は失墜する。諸外国から嘲笑《ちょうしょう》の的になるばかりか、アメリカ側がどんな対応をするか、想像もつかない——君一人をどうこうしたところで、収拾がつかん」

「ですが、犯人側の要求を呑めば、これもまた嘲笑の的になるでしょう」

犯人側の要求は、趙泰英を含む七人の受刑者の釈放と、五千万ドル——日本円にして五十億円の現金だ。

みすみすそんな要求を呑めば、日本政府はいい笑いものだ。

「そんなことは分かっている。それでも、要求を呑むしかない。失敗を怖れるのが日本人だ。君だって、それくらい分かるだろう」

唐沢が唇を嚙む。

「分かった上で、申し上げています。趙泰英の一味が、今までどれほどの犯罪を犯して来たかはご存じですよね」

「君に言われるまでもない」

「彼らを野放しにすれば、次にどんな事件を起こすか、唐沢さんにも想像できるでしょう」

山縣が強い口調で言うと、唐沢が押し黙った。

彼も本当は、テロリストの要求に屈するべきではないと思っている。しかし、違う考えを持つ人間が、上層部に多いということだ。

いくら唐沢一人が頑張ったところで、舞台は政治の場へと移された。状況を変えるのは難しいだろう。

何より悔しい思いをしているのは、誰あろう唐沢自身かもしれない。

「やはりダメだ。勝算のない賭《か》けはできない」

唐沢が、改まった口調で言った。

それが彼の決断なら仕方ない。ここから先は、自分たちの出る幕ではない——そういうことだ。

「一つ、訊いてもよろしいですか？」

「何だ？」

「犯人側の要求は、どういう形で届いたんですか？」

「メールだ。人質を映した映像データも、一緒に送られて来た」

「逆探知は？」

「今、やってはいるが、海外のものを含む、複数のサーバーを経由していて、特定までには相当の時間がかかるらしい」

「そうですか……それで、こちらからは、どういう形で返答をすることになっているんですか？」

「何を企《たくら》んでいる？」

山縣の意図を察したらしく、唐沢がギロリと目を剝いた。

「何も……ただ、状況確認をしているだけです。大丈夫です。我々は、唐沢さんに迷惑をかけるようなことはしません。仮に、何か問題が起きたとしても、唐沢さんは知らぬ存ぜぬを通せばいいんです」

山縣がそこまで言ったところで、唐沢の口許に僅《わず》かに笑みが浮かんだ。

こちらの真意を、しっかりと汲《く》み取ってくれたらしい。伝えることはした。それをどう判断するかは、唐沢次第だ。

「私は、君という男を見誤っていたよ」

唐沢が、ため息混じりに言った。

「どういう意味です？」

「これほどまでに、危険な思想を持っているとは、思ってもみなかった」

「すでにご存じかと思っていましたが」

山縣が答えると、唐沢が小さく笑った。

「食えん男だ」

「褒め言葉として、受け取っておきます」

「最初に言っておくが……」

「分かっています。私たちが、勝手にやることです。ご心配なく」

山縣は覚悟をもって口にした。

六

「一つ訊《き》いていいか？」

ガレージに向かって歩く真田に、黒野が声をかけて来た。

「何だ？」

振り返りもせずに言う。

「ぼくの過去は知ってるんだろ」

「ああ」

「なら、なぜ信じようと思った？　もしかしたら、裏切るかもしれない」

妙なことを質問する奴だ――それが、真田の素直な感想だった。

おそらく、黒野は自らが経験した壮絶な過去から、他人を信じられなくなっているのだろう。

それは、とても寂しいことだ。

「下らねぇこと訊くな」

真田が足を止めて振り返ると、黒野が柄にもなく、困惑した顔をしていた。

分析能力は並外れているが、人間の感情についてはてんでダメらしい。まあ、一つくらい欠点がないと、人としての面白味がない。

「誰かを信じるのに、理由なんか必要ねぇって言ってんだ」

「つくづく愚かだね」

「何だと？」

「短絡的に人を信じれば、その先に待っているのは裏切りだ」

「かもしれないな」

「本当に、分かってるのか？」

「ああ。分かってる。裏切られたら、そんときは、そんときだ」

別に恰好《かっこう》をつけたわけではない。真田の本心だ。

人を信じるときに、裏切られることを想定するバカはいない。もし、いたとしたら、それは信じていない——ということだ。

「君は、本物のバカだな」

「今さら気付いたか？」

「いいや。最初から知ってた」

黒野が微《かす》かに笑った。

最初、こいつの笑いが嫌いだった。

それがなぜだろう。わずか三日足らずで、その笑顔に安心感を覚えるようになっていた。

自分の黒野に対する見方が変わったのか、それとも、黒野自身が変わったのか——

今は考えるのは止《や》めておこう。

「だったら、ごちゃごちゃ言ってねぇで行くぞ」

真田は、真っ直ぐに歩き始めた。

ガレージに入ると、そこにはグレイのつなぎを着た男の姿があった。

馴染《なじ》みのバイクショップのオーナー河合《かわい》だ。元暴走族として鳴らした男で、今もその面影がキッチリ残る、いかつい風貌《ふうぼう》をしている。

しかし、見かけに反して、純粋で熱い男でもある。

「久しぶり」

真田が手を挙げると、河合はこれみよがしにため息を吐いた。

「まったく。懲《こ》りもせず、次々とバイクをぶっ壊しやがって。免許、返して来い」

「今回は、事故ったんじゃねぇよ」

「じゃあ何だ？」

そう問われると、状況を説明するのが難しい。

「簡単に言えば、いきなり爆発したんだ」

「そんなわけねぇだろ」

河合が、真田の頭を小突いた。

いろいろ言いたいことはあるが、それより足になるバイクを手配してもらわなければならない。今、逆らうのは得策ではない。

「で、そいつは誰だ？」

河合が、黒野に目を向ける。

真田は簡単に黒野を紹介する。黒野がいつもの笑顔で、「どうも」と気軽な挨拶《あいさつ》をした。河合は、そんな黒野を睨《にら》み付け、「公香さんに手を出したら、殺すぞ」などと脅している。それに対して黒野は「知性のない女性に、興味はない」と返してみせる。

空気が一気に険悪なものに変わる。

黒野の他人を怒らせる才能は、群を抜いている。

「で、おれのバイクは？」

これ以上睨み合ったら、殴り合いが始まりそうだ。真田は、二人の間に強引に割って入った。

「何がおれの——だ。次、壊したら、もう手配しねぇからな」

河合は文句を言いながら、シートがかけられたバイクを指差した。

真田は嬉々《きき》として駆け寄り、一気にシートを引き剝《は》がす。

「マジか！」

跳び上がるようにして歓喜の声を挙げた。

急遽《きゅうきょ》のお願いだったので、ろくなバイクではないと思っていたが、まさかSUZUKIの隼《ハヤブサ》とは——。

空力特性に優れた涙滴ボディーに、１３００cc の水冷四気筒を搭載し、市販のバイクの中では圧倒的なスピードを誇る。

もちろん、スピードだけでなく、巨体に似合わずハンドリングも軽快だ。

真っ黒なボディーに、金の〈隼〉の文字が映える。

河合が「ほらよ」とバイクの鍵を投げて寄越す。真田は、それを受け取り、バイクに跨《またが》った。

黒野が、当然のようにタンデムに座る。

「では、行くとしますか」

真田は、深呼吸してからエンジンを回した。

MONSTERも悪くなかったが、隼は別格だ。アクセルを回す度に、アドレナリンが噴き出すようだ。

「飛ばすぜ」

真田は、言うなり一気に隼を加速させた——。

七

「本当に、大丈夫？」

ハイエースの助手席に座った公香は、運転席に座る山縣に訊《たず》ねた。

「今さら、後戻りはできないさ」

不安で落ち着かない公香とは対照的に、山縣はさらりと口にした。

彼はもう、覚悟が出来ているのだろう。

「黒野のこと、そこまで信用していいの？」

公香には、それが引っかかっていた。

黒野の境遇は聞いた。それは、想像以上に過酷なものだったし、同情すべきものだと思う。

しかし、どんな理由があろうと、彼は敵である趙哲明の元で、工作員としての教育を受けている。彼が二重スパイである可能性は否定できない。

仮にそうでなかったとしても、彼が命の危険を冒してまで、事件に向き合う理由がない。いつ逃げ出すとも分からない。

――果たして、そんな奴《やつ》を信用していいのか？

「黒野は、自分の居場所を探しているんだ」

公香の心中を見透かしたように、山縣がポツリと言った。

「居場所？」

「私には、そう見える。だから、その居場所になってやろうじゃないか」

――そういうことね。

納得するのと同時に、呆《あき》れてもいた。しかし、軽蔑《けいべつ》するつもりはない。それが、山縣らしさでもある。

思えば、公香も黒野と同じかもしれない。

自分の居場所を見失い、薬に手を出し、犯罪組織のボスである男の愛人にまで成り下がった公香に、黙って手を差し伸べてくれたのは山縣だった。

正直、公香には手放しで黒野を信じることはできないが、それが山縣の意思であるなら、彼を信じよう。

「じゃあ、作戦、実行するわよ」

公香も覚悟を決めて言った。

「頼む」

山縣が力強く頷《うなず》いた。

公香は、膝《ひざ》の上でノートパソコンを開き、インターネットに接続してから、大手SNSのログインページを開く。

メモを確認し、IDとパスワードを入力すると、ページが開いた。

趙哲明の個人のページになっている。一般には公開されず、本人のみが閲覧できる仕様になっていた。

要求に対する回答は、ここに書き込みをするよう指示されている。

覚悟していたはずなのに、キーボードを叩《たた》こうとすると、指が震えているのに気付いた。

やはり、怖いのだ。

IDとパスワードは、唐沢から山縣に伝えられたものだ。

もし、作戦が失敗した場合は、公香たちがハッキング行為を行い、勝手に書き込んだという筋書きが出来上がっている。

いくら作戦が成功しても、誰からも褒められることはない。そのクセ、失敗した場合は、ハッキング行為により、人質を死に至らしめた極悪人として罰せられることになる。

どう考えても、割に合わない仕事だと思う。

「大丈夫だ。責任は全《すべ》て私が負う」

山縣が、チラリと公香に視線を向けた。

「何言ってんの。私たちは一蓮托生《いちれんたくしょう》——一人で、責任どうとかって言うのは止めてよ」

「そうはいかない。私が決めたことだ」

山縣の言葉に、公香は苛立《いらだ》ちを覚えた。

「いつまでも、保護者ぶらないで欲しいわね」

そういう山縣だからこそ、惹《ひ》かれる部分はある。が、同時に、関係が発展しないのも事実だ。

そもそも、自分は山縣に男を求めているのだろうか――ふと、そんな疑問が浮かんだ。

「すまなかった……」

山縣が苦笑いを浮かべた。

「分かればいいのよ」

公香は、頭にある疑問を振り払い、キーボードを叩き始めた。

〈我々は、そちらの要求を全面的に拒否する――という結論に至った。人質の解放がない場合は、以後実力行使に出る〉

八

塔子は、緊張で身体《からだ》を固くしながら、モニタリングルームに詰めていた。

握り合わせた掌《て》に、じっとりと汗が滲《にじ》む。

五分ほど前に、公香からメッセージを書き込んだという連絡があった。黒野の計画通りに行くなら、もうすぐ反応が出るはずだ。

「お願い……」

塔子は、祈るような気持ちで、ガラスの向こうにあるコクーンに目を向けた。

黒野の計画は、大胆としか言いようがないものだった。

趙哲明たちは、キャサリン・フォスター駐日大使を拉致《らち》し、日本政府に対して収監されている仲間の釈放と、莫大《ばくだい》な身代金《みのしろきん》を要求した。

黒野は、それを逆手に取った。彼らの要求を拒絶し、かつ挑発することで、人質を殺させようというのだ。

ただし、本当に見殺しにするわけではない。

哲明が人質殺害を決めた段階で、志乃がそれを予知する。その映像を手がかりに、彼らのアジトを襲撃しようというのだ。

しかし、これは賭けだ。

志乃が予知しなければ、それで終わりになる。それればかりか、仮に予知したとしても、アジトを特定できなければ、元も子もない。

仮にアジトが判明したとしても、警察のバックアップを受けられない。自分たちだけで、哲明のグループを制圧できるか分からない。せめて、元SATの鳥居が居てくれたら――と思うが、彼は先の事件で重傷を負い、動けない状態だ。

その上、唐沢は計画を知っているとはいえ、あくまで真田たちのスタンドプレイということになっている。

どう転んでも分が悪い。

おそらく、計画が失敗すれば、クロノス計画は凍結ということになるだろう。そのとき、自分の処遇はどうなるのか――塔子は、そのことを考え、背筋に寒いものが走った。

公香には、研究のためと説明したが、塔子がこの計画に参加した一番の理由は、絶対に断れなかったからだ。

断れば、塔子を待つのは刑務所での生活に他ならない。

それゆえに、塔子は真田たちを欺《あざむ》き、汚れ仕事にも手を貸す羽目に陥っている。

公香は、塔子と志乃が似ている――そう言っていたが、似ても似つかない。もし、志乃なら、自分のように悪魔の所業に手を染めることはないだろう。

人間の本質の部分が、大きく異なっているのだ。

もし、真田たちが自分のやっていることを知ったら、いったいどんな反応をするだろう？

真田が事件に向かうとき、犯罪者たちに向ける、憤怒《ふんぬ》の表情が浮かんだ。潔癖な彼は、絶対に塔子を赦《ゆる》さないだろう。

もしかしたら、自分はそれを望んでいるのかもしれない。

真田によって自らの欺瞞《ぎまん》を暴《あば》かれ、そして、彼によって生きる苦しみから解放されることを——。

塔子はそのことを夢想し、自然に頬が緩んだ。

「穢《けが》らわしい」

自らを叱責《しっせき》したところで、計器に反応があった。志乃が、予知夢を見たのだ。

塔子は、頭に残る考えを振り払い、すぐに作業を開始した。

やがてモニターに映像が映し出される——。

壁に囲まれた部屋だった——。

そこに一人の女性が座らされている。キャサリン・フォスター駐日大使だ。

監視と思《おぼ》しき男が二人、彼女を挟むようにして立っている。ＡＫ47自動小銃で武装している。

鉄製のドアが開き、一人の男が部屋に入って来た。

趙哲明だ――。

彼が顎《あご》で合図すると、二人の男がキャサリン駐日大使を強引に立たせ、部屋の外に連れ出した。

トンネルのような場所で、下に錆《さ》び付いた線路が走っている。地下鉄のようだ。

三脚にビデオカメラが設置されている。

趙は、そのカメラの前にキャサリン大使を立たせると、彼女の頭に拳銃《けんじゅう》を突きつけ、引き金を引いた――。

九

真田は、有楽町方面に向けて隼を走らせていた。

黒野の指示だ。

志乃の予知で場所を特定してからの方が、無駄がない気がするが、彼の意見は違っていた。

「何で、有楽町方面だって限定できるんだ？」

真田は、車の間をすり抜けるように走りながら、タンデムシートの黒野に訊ねた。

〈彼らのアジトは、間違いなくその近辺だ〉

イヤホンマイクを通して、自信に満ちた黒野の声が返って来た。

「だから、なぜ、そうだと断定できる？」

〈音だよ〉

「音？」

〈そう。哲明に拉致されたとき、目隠しをされていた。場所を特定されないように、あちこち遠回りしながら移動はしていたけど、音は聞こえた〉

「何の音だ？」

〈電車の音だ〉

「電車なら、そこら中に走ってるだろ」

〈移動中に、一度だけホームのアナウンスを聞いたんだ。この電車は次の有楽町止まりになります——ってね。それからほどなくして、地下にあるらしい部屋に閉じ込められた〉

つまり、黒野がそのアナウンスを聞いたのは、東京駅か新橋駅ということになる。

拉致されているにもかかわらず、そこまで冷静に状況分析していたのは賞賛に値する。だが——。

「だったら、その情報を流して、警察官総動員でその近辺を虱潰《しらみつぶ》しに探す方が、早かったんじゃないのか?」

今回の作戦で、人質であるキャサリン・フォスター駐日大使が、危険に晒《さら》されているのだ。自分たちだけで動くより、その方が効率的に思える。

〈また忘れたのか?〉

黒野の声に、笑いが混じった。

「何を?」

〈バタフライエフェクトだよ。警察が一斉捜索を始めれば、奴らは簡単にそれに気付く。そうなれば、どんな結果を招くか、君でも想像できるだろ〉

「そういうもんか?」

〈そうだ。君たちは人員の増員を求めていたらしいけど、クロノスシステムを有効に使うためには、動く人数はできるだけ少ない方がいい〉

態度は気に入らないが、黒野の理論はいちいちもっともだ。

「なるほどね」

〈それに……〉

「何だ?」

〈奴らの大使公邸爆破計画は、変更された——これが、意味するところが分かるか?〉

「ああ」

真田は、即座に答えた。

哲明らは、未使用の爆薬を保持している——ということだ。もし、下手な動きをして、これを東京のど真ん中で爆発させようものなら、どれほどの被害が出るのか、想像しただけでぞっとする。

そう考えると、黒野の立案した作戦が、ベストだといえる。

問題は、志乃が夢で予知をしてくれるか——だ。

〈真田。聞こえる?〉

イヤホンマイクを通して、公香の声が聞こえた。

「何だ?」

〈さっき、塔子さんから連絡があったわ。志乃ちゃんが、予知したって〉

〈今、映像を確認している〉

黒野が、無線に割って入った。ちらりと後方に視線をやると、黒野がタンデムシートに乗ったまま、器用にタブレット端末を操作していた。

あとは、黒野に狙《ねら》いを定めてもらい、自分はそこに向けて一直線に突っ走るだけだ。

〈場所が分かった。ここは……地下鉄新橋駅だな〉

「新橋駅？ そんな人混みの中かよ」

〈相変わらずのバカだな〉

「うるせぇ！」

〈地下鉄新橋駅は、二つあるんだ〉

「二つ？」

〈七十年以上前に作られたけど、事情があって、たった八ヶ月しか使用されなかった幻の駅だ。数年前に改修されて、今は夜間の電車留置場になっている〉

言われてみれば、そんな話を聞いたことがあるような気がする。

幻の新橋駅——確かそんな呼び名で、一部のマニアから騒がれていた。

「よし！ 急ぐぞ！」

〈ちょっと待って！〉

加速させようとしたところで、公香の金切り声が響いた。

「何だよ」

〈まさか、単独で突っ込むなんて、バカなことは考えてないでしょうね〉

さすが公香、よく分かっている。

「そのまさかだよ」

〈何があるか、分からないのよ。合流してから……〉

真田は、途中で無線を切った。

これ以上、公香の小言に付き合ってはいられない。今この瞬間にも、人質が殺されるかもしれないのだ。

「黒野！　ナビを頼む！」

〈セーフティーに行く？　それとも、スピード重視？〉

わざわざ問われるまでもない。

「もちろんスピードだ」

真田が答えると、黒野が笑った。

〈だったら、あそこへ入るのが一番速い〉

そう言って黒野が指差したのは、地下鉄の出入口だった。涼しい顔して無茶苦茶言う。だが、最短ルートであることは確かだ。

「了解！」

真田は、路上から歩道に乗り上げ、行き交う人を縫うように、地下鉄の出入口に向かって隼を走らせる。

「何やってんだ！」

「バカヤロー！」

次々と抗議の声が浴びせられたが、今はそれに構っている余裕はない。

「摑《つか》まってろよ」

真田は、黒野に言うなり、バイクのまま地下鉄へと通じる階段に突入する。

突然のバイクの進入に、悲鳴と怒号が飛び交ったが、みな一様に逃げるように道を空けた。

隼は、激しくバウンドし、カウルでガリガリと階段を削る音がする。

真田は、何とかバランスを保ちながら、階段を降りきる。

「次はどうすんだ？」

〈改札を抜けてホームに〉

まさかとは思ったが、やはりそうらしい。

「行ってやろうじゃないの」

真田は、隼を一気に加速させ、改札口をすり抜けると、後輪を滑らせてターンさせ、今度はホームへと続く階段を降りて行く。

〈線路を新橋方面に。ただし、線路の内側を走れ〉

黒野が指差した。

「何でだ？」

〈線路の外側に走っているレールには、電流が流れてる〉

「触れれば、痺《しび》れるってわけか」

〈そんな生易《なまやさ》しいもんじゃない〉

「は？」

〈即死だ〉

そこまで言われると、さすがに気が退《ひ》けるが、ここで留まっているわけにはいかない。

「しっかり掴まってろよ！」

真田は、言うなり一気に隼を加速させ、ホームから線路に飛び降りた。

指示された通り、線路の内側に着地したものの、階段とは比較にならないほどの高低差に、激しく隼がバウンドする。

アンダーカウルが、地面に接触し、破損した。

この調子だと、壊すなという河合の言いつけを破ることになりそうだ。

〈急がないと、死ぬぞ〉

黒野が、真田のヘルメットを叩く。

警笛を鳴らしながら、電車がホームに滑り込んで来るのが見えた。

——これは、確かにヤバイ。

真田は、アクセルグリップを捻《ひね》る。しかし、タイヤが溝にはまり、前に進まない。

電車が急ブレーキをかける、甲高い音が響く。減速はしたものの、このままでは衝突されてしまう。

——どうする？

そう思った矢先、黒野が隼から飛び降り、後ろから車体を押し始めた。

真田もそれに合わせて地面を蹴《け》る。

ようやく、隼が前進した。

「黒野！」

真田が叫ぶと、黒野は了解したとばかりに、タンデムシートに飛び乗った。それを確認するなり、真田は隼を一気に加速させた。

——間一髪。

本当に冷や汗ものだった。

にしても、黒野の咄嗟《とっさ》の判断には舌を巻く。案外いいコンビなのかもしれない。

十

「あいつら、マジで！」

公香は、怒りのあまりイヤホンマイクを叩きつけた。

——無線を切りやがった。

真田の無鉄砲は、今に始まったことではない。だが、だからといって、容認できるものではない。

今まで、ああやって後先考えずに飛び出して、何度危険な目に遭ったか——数え上げたらキリがない。見ている方は、堪《たま》ったものではない。

「怒っても始まらない」

山縣が窘《たしな》めるように言った。

「分かってるわよ」

公香は舌打ち混じりに答える。

本当は、山縣の方が怒り出したい気分なのだろうが、逆上している公香を見て、冷静さを維持しているといったところだ。

本来、コンビはこうあるべきだ。

片方が暴走したら、片方がそれを宥《なだ》める役目を担《にな》う。それなのに真田と黒野の二人は、揃《そろ》って暴走する。本当に質《たち》が悪い。

特に黒野だ。インテリ男は、慎重と相場が決まっているのに、黒野がそれに当て嵌《は》まらないことは、クーチアンの一件でも実証済みだ。

——本当に世話が焼ける。

「焦《あせ》るな。行き先は分かっているんだ」

「そうだったわね」

さっきの会話で、真田と黒野が向かったのは、幻の新橋駅と呼ばれる、旧地下鉄新橋駅だということは分かっている。

今は、少しでも早く現場に到着し、真田たちをバックアップするのが最優先事項だ。

「急ぐぞ」

山縣は、そう言ってハイエースのアクセルペダルを踏み込んだ。

公香は、ノートパソコンと向かい合った。

今のうちに、幻の新橋駅までの行き方を調べておく必要がある。

公香は、パソコンを操作しながら、携帯電話を手に取り、塔子に連絡を入れた。

〈もしもし〉

ワンコールで塔子が電話に出る。

「塔子さん。黒野が、犯行現場を特定したわ。私たちも、現場に向かってる」

〈そうですか〉

安堵《あんど》の混じった塔子の息が漏れた。

「でも、まだ安心できないわ」

〈分かってます。次の予知が出るかもしれない――ということですね〉

さすがに塔子も心得ていたらしく、慎重に言った。

これまでの流れから、自分たちが事件に介入した場合、それにより未来が変わり、志乃が新たな予知をする可能性が高い。

その情報を早い段階で知っておくことが、次の対策につながる。

「何か分かったら、すぐに連絡を頂戴《ちょうだい》」

公香は早口に告げて電話を切った。

十一

趙哲明は、怒りに震えていた――。

中西運輸の一件で、哲明たちは本国から斬《き》り捨てられた。今まで、国のために尽くして来たのにもかかわらず――だ。

あのとき、それまで哲明の中にあった愛国心は、一瞬にして砕け散った。

だから、本国に、そして日本に、自分たちが受けた屈辱以上のものを与えてやろうと考えたのだ。

日本は、勾留中《こうりゅうちゅう》の犯罪者を釈放することで、諸外国からの批判と嘲笑《ちょうしょう》に晒されることになる。

そして、事が成ったあかつきには、自分たちは北朝鮮の工作員で、本国の命令によって動いたと声明を発表するつもりだった。

そうなれば、本国はアメリカから手痛い報復を受けることになるだろう。

場合によっては、戦争に突入するかもしれない。自分たちを斬り捨てた罰だ。

それなのに――。

まさか日本側が、要求を全面的に拒絶するとは思ってもみなかった。

過去の事例から考えても、キャサリン・フォスター駐日大使ほどのVIPを人質に捕れば、要求に従うと考えていたのだが、完全に目算が外れた。

日本側が、要求を拒否したのは、自分たちがいかに本気かを理解していないからだろう。

本気度を示すための大使公邸爆破だったが、笑い男――黒野のせいで、その計画もふいになってしまった。それが悔やまれる。

しかし、諦《あきら》めるつもりはない。今からでも、充分に奴らに思い知らせることはできる。

まず、手始めにキャサリン駐日大使を殺害する。

その映像をビデオカメラに収め、自分たちがいかに愚かな判断をしたのか、日本政府に思い知らせる。

センセーショナルな映像になるだろう。

それにより、北朝鮮とアメリカの対立は決定的なものになるだろう。しかし、それだけでは、本来の目的である、兄の泰英の釈放には辿《たど》り着けない。彼の復帰なくして、組織の再興はあり得ない。

だが、悲観ばかりではない。キャサリン駐日大使を殺害後、新しい人質を捜せばいい。

日本側は、今度こそ、泰英を釈放せざるを得なくなるだろう。

哲明は、ほくそ笑んだあと、キャサリン駐日大使を監禁してある部屋のドアの前に立った。

ここに駅があった時代、駅員室として使用していた場所だ。

哲明はドアを開け、部屋の中に入ると、監視に付けた二人の男に顎で連れて来るように合図をした。

二人の男は、キャサリン駐日大使を立たせ、部屋の外に連れ出し、カメラの前に立たせた。

哲明は、ビデオカメラの録画ボタンが押されていることを確認してから、キャサリン駐日大使の右脇《わき》に立った。

「自分が、なぜ殺されるか分かるか？」

哲明は英語で、彼女に訊ねた。

彼女は、小さく首を振る。

この反応——おそらく、この期《ご》に及んでも、まだ自分が殺されないと信じているのだろう。傲慢《ごうまん》で、自己中心的で、欺瞞に満ちている。まるで、アメリカを象徴するような女だ。

「合衆国も日本も、お前のことを見捨てた」

哲明が英語で言うと、彼女は「NO」と首を振った。

残念だが、アメコミのヒーローは登場しない。

「愛国心を抱いたまま死ね」

哲明は、ホルスターから拳銃を抜き、彼女の側頭部に突きつけた——。

十二

真田は、線路間の狭いスペースで、全速力で隼を走らせていた。

少しでもバランスを崩せば、クラッシュしてお陀仏《だぶつ》だ。

〈その分岐を右だ——〉

イヤホンマイクから、黒野の声が届いた。

「了解」

真田は、指示された通り、線路の分岐を右に入る。

そこから登り勾配《こうばい》になっていた。

〈ここを登りきれば、幻の新橋駅だ〉

ようやく、ここまで辿り着いた。だが――。

「何かプランはあるのか？」

〈一つだけある〉

「何だ？」

真田は、チラリと後ろを振り返った。

〈正面突破の奇襲攻撃〉

黒野からの意外な返答に、真田は思わず笑ってしまった。

「おれの得意な作戦だ」

〈だと思ったよ〉

「じゃあ、このまま行くぜ！」

真田は黒野の返答を待つことなく、隼を加速させた。

奇襲とは言っても、地下のトンネル内に響きわたるエンジン音で、向こうはとっくにこちらの存在に気付いているはずだ。

待ち伏せに遭い、銃弾の雨に晒されるかもしれない。しかし、だからといって、ここまで来てブレーキをかけるわけにはいかない。

ギアチェンジして一気に加速させると、ヘッドライトに照らされて駅が見えた。

改修されたというだけあって、予想していたよりはるかに新しく、トンネル内より広いスペースがあった。

真田は素早く視線を走らせる。

「いた！」

哲明が、キャサリン・フォスター駐日大使の頭に拳銃を突きつけている。その脇には、ＡＫ47自動小銃を構えた男が二人——。

一人の男が、真田たちに気付き、ＡＫ47を構えて発砲した。

銃弾を受けたフロントカウルが、バリバリと音を立てて砕け散る。

「黒野！　撃て！」

真田は、声を上げながら隼の後輪を滑らせ、ターンを決める。

タンデムシートの黒野は、真田の意を察して、拳銃を抜き、立て続けに引き金を引いた。

ＡＫ47を撃った男が、後方に仰《の》け反《ぞ》るように倒れる。

その間に、もう一人の男が、ＡＫ47を構えて狙いを定めてくる。

「黒野！　任せるぞ！」

真田が叫ぶと、黒野はタンデムシートから飛び降り、右側に回り込むように走りながら銃を発砲する。

男は、黒野を追いかけるように、ＡＫ47を乱射する。

囮《おとり》になったのだ。

ここまで以心伝心とは――真田は笑いを引っ込め、隼を加速させ、左から回り込む。

男が、接近する真田の隼に気付き、銃口を向けた。

引き金に指がかかる。

「喰らえ！」

真田は、隼から飛び降りる。

男は、コントロールを失った隼の直撃を喰らい、その下敷きになった。

必死にもがいているが、二百キロ以上の重量のバイクは、そうそう簡単に動かせるものではない。

真田は、地面に落ちたＡＫ47を拾い上げ、ストック部分で男の顔面を殴った。

その一撃で、男は白目を剝《む》いて動かなくなった。

「次！」

真田は、視線を走らせる。

キャサリン駐日大使が、半ば呆然《ぼうぜん》とした様子で、その場に座り込んでいる。彼女の隣にいたはずの哲明の姿がない。

――ヤバイ。

そう思ったときには遅かった。

哲明は、いつの間にか真田の背後に回っていた。ゴリッと銃口が後頭部に突きつけられる。

十三

作戦は実行されている頃だろう――。

塔子は、落ち着かない気持ちで、モニタリングルームの椅子《いす》に座っていた。

こんなときに、待つことしかできないのがもどかしい。とはいえ、自分が現場に駆けつけたところで、何ができるわけでもない。ただ足を引っ張るだけだ。

自分に、真田のような強さがあったなら――何度もそう思った。そうすれば、彼らの手助けができるだけでなく、今の理不尽な状況に立ち向かえるはずだ。

しかし、自分にはその力がないことを充分に自覚している。

何度目かのため息を吐《つ》いたところで、コクーンのシグナルが光った。

「まさか！」

塔子は、思わず腰を浮かせる。

志乃がまた新しい夢を感知した。それは、つまり、作戦の実行により、運命に何らかの変化が生じたことを意味する。

この状況に、楽観はできない。なぜなら、誰かが死ぬことが確実だからだ。

最悪の事態を想定し、一瞬、頭の中が真っ白になった。

立ち眩《くら》みを起こしたみたいに、視界がぐらぐらと揺れる。だが、ここで立ち止まっていてはいけない。

自分が動かなければ、運命を変えることはできない。

塔子は、深呼吸をしてから、モニターに向き直ると、素早くキーボードを叩いた。

やがてモニターに、映像が映し出される。

暗いトンネルのような場所だった。おそらくは、地下鉄の構内だ。

「何てこと……」

塔子は、思わず口にした。

映し出された光景は、まったく想定外のものだった。

男が、拳銃を突きつけていた。銃口の先には、別の男がいる。長い沈黙のあと、銃口が火を噴いた。

弾丸に頭を撃ち抜かれた男は、それきり動かなくなった。

――これが、新しく予知された運命。

公香に連絡を入れようと、携帯電話を手に取った塔子だったが、ふと動きを止めた。

この運命は、止めていいものだろうか――もしかしたら、これが最良の方法かもしれない。

しばらく、呆然としていた塔子だったが、頭を振った。

正しいかどうかは、自分が判断することではない。自分の役目は、予知されたものを伝えることだ。

そのあと、どうするかは、彼らの判断に委《ゆだ》ねるより他ない。

〈もしもし〉

公香の携帯電話に連絡を入れると、すぐに彼女が電話に出た。

どこかを走っているのか、息切れしている。

「志乃ちゃんが、新しい未来を予知しました」

〈何ですって？〉

驚きの声が返って来た。

塔子は、落ち着いて予知の内容を公香に伝えた。

〈分かった。そのまま待機して。真田と連絡を取ってみる〉

それだけ言って電話は切れた。

塔子は、脱力してガラスの向こうに見えるコクーンに目をやった。

果たして、どんな結末を迎えるのか——問いかけてみたが、答えはなかった。

十四

「笑い男。出て来い。相棒が死ぬぞ」

哲明が言う。

「残念。黒野が、そんな誘いに乗ると思うか？」

真田は、笑ってみせる。

と同時に、後頭部に鋭い痛みが走り、思わず跪《ひざまず》いた。

「負けたよ」

声とともに、黒野が柱の陰から出て来た。

この切迫した状況にもかかわらず、いつもと変わらぬ微笑《ほほえ》みを浮かべていた。笑い男の呼称に相応《ふさわ》しい。

「らしくないな。情にほだされたか」

哲明が言った。

「まさか。言っておくけど、彼を甘くみない方がいい。手足の自由を奪われても、頭突きで反撃するような男だ」

「だったら、その頭を撃ち抜くまでだ」

黒野の言葉に、哲明が返す。

「そうだね。さすがに、そうなったら、お手上げだ」

言葉とは裏腹に、その目は全くこの状況を悲観していなかった。

──なるほど。

真田は、黒野の意図を察した。まさに以心伝心というやつだ。ここまで相手の考えが読めると、笑えてくる。

「そう思うなら、銃を捨てろ」

哲明が、ぐいっと真田の後頭部に銃口を押しつけてくる。

「仕方ないね」

黒野は持っていた拳銃を、哲明に向かって放り投げた。

宙を舞った拳銃は、地面に落下するのと同時に暴発した——。

黒野がそうなるように投げたのだ。

哲明が、気を取られた一瞬の隙《すき》に、真田は素早く身体《からだ》を反転させる。後頭部に強く拳銃を押しつけていた哲明がバランスを崩した。

真田は、哲明の掌《て》から拳銃を奪い取った。

「黒野の忠告を聞かねぇからだよ」

哲明の額に狙いを定めた。

「これで、終わりだと思うなよ」

そう言った哲明の目に、凶悪な光が宿った。

彼の手から、筒状の物体が滑り落ちる。

——しまった。

新宿のビルのときと同じ、フラッシュバンだ。

真田は目を閉じ、両耳を塞《ふさ》いだが手遅れだった。視界が真っ白になり、強烈な耳鳴りがした。

地面がグラグラと揺れている。

ようやく目が慣れて来たときには、哲明の姿は目の前から消えていた。

「クソっ！」

怒りを吐き出す真田に、黒野が駆け寄って来た。

「まだだ」

黒野のその一言で、一気に目が覚めた。

こいつも、なかなかしつこい性格のようだ。ここで、哲明を逃がせば、次に何をしでかすか分かったものではない。

何としても、ここで押さえる。だが——。

「奴《やつ》は、どこに行った？」

「たぶん、向こうだ」

黒野が線路の先を指差す。

「何で分かる？」

「彼らは、逃走経路も準備していたはずだ。それは、おそらく海上に抜けるものだ」

——なるほど。

真田は、すぐに倒れているバイクを起こしにかかる。黒野は、その間に、キャサリン駐日大使の拘束を解き、英語で何やら指示をする。彼女は「YES」と頷《うなず》くと、さっきまで監禁されていた部屋の中に入った。

助けが来るまで、あの中に身を潜めるつもりだろう。

真田は、起こした隼のエンジンを回す。大丈夫だ。まだ生きている。

「行くぜ！」

真田が隼をスタートさせると、黒野がタンデムシートに飛び乗った。

向こうは徒歩だ。飛ばせば、すぐに追いつけるはずだ。

「前！」

急勾配を下り、本線に合流したところで、黒野が叫ぶ。

——しまった。

あろうことか、線路の向こうから電車が向かって来た。電車はトンネル一杯に広がっている。このままでは、確実に轢《ひ》き殺される。

「万事休す……」

「あそこだ！」

黒野が指を差した。

十メートルほど前方に、待避スペースを見つけた。

――間に合うか？

迷ってはいられない。真田は、隼をさらに加速させる。

警笛が鳴り響く。

「飛べ！」

真田と黒野は、隼を捨てて待避スペースに飛び込んだ。

凄《すさ》まじい衝突音がした――。

真田の意識は、一瞬暗闇《くらやみ》の中に落ちた。

〈真田。聞こえる？〉

どれくらい、そうしていただろう。イヤホンマイクから、公香の声が聞こえて来た。

身体を起こそうとしたが、うまく動かなかった。

膝《ひざ》、背中、腰――至るところが痛みで悲鳴を上げていた。

それでも、どうにか身体を持ち上げる。

何とか待避スペースに飛び込むことが出来ていたらしい。だが、哲明の姿は見えない。それに、隼は無残にも鉄くずと化していた。

「最悪だ……」

〈ねえ、聞こえてるなら、状況を教えて〉

「ターゲットロスト、バイク大破、おれズタボロ……」

真田は、脱力してヘルメットを脱ぎ捨てた。

〈ふざけないでよ！〉

「別に、ふざけちゃいねぇよ」

真田は、壁を支えに立ち上がる。

〈大使は？〉

「幻の新橋駅の部屋にいる」

〈黒野は？〉

言われて辺りを見回す。黒野の姿は、見当たらなかった。

「野郎。どこに行きやがった……」

〈真田。黒野を追って〉

「何で？」

〈あいつ、哲明を殺すわ。志乃ちゃんが予知したの〉

黒野が哲明を殺す――それは至極当然の感情のように思える。果たして、止める必要があるのだろうか？

真田の疑問に答えるように、頭の奥で声がした。

——お願い。止めて。

志乃の声だった。ただの空耳か、それとも——いや、そんなのはどっちでもいい。やることは決まっている。

真田は、痛む身体に鞭《むち》を打ち、走り出した。

十五

黒野は、地下鉄の線路を走り続けていた——。

哲明に恨みがないといえば嘘《うそ》になる。彼は、黒野から人生を奪った張本人なのだ。養成施設だけに限ったことではない。その後、彼らを裏切った黒野だったが、そんな自分を迎え入れてくれる場所など、どこにもなかった。

アナリストとして警察に協力してはいたが、誰も黒野を信用しようとはしなかった。それどころか、人として見ていたかどうかも怪しい。志乃と同じように、情報端末に近い扱いだった。

黒野は、常に微笑みを浮かべながら、心の底では何かを求めていた。

それはおそらく、失われた過去ではなく、これからの未来を生きる自分の場所なのだろうと思う。

しかし、いくら願ったところで、それは叶《かな》わない。

この線路と同じように、暗く長い一本道を、たった一人で歩き続ける。そうするしかなかった。

そういう意味では、養成施設も、現在の状況もさして変わらない。

だから、哲明を恨みはしたが、報復をしようなどとは思いもしなかった。それなのに、自分は哲明を必死に追っている。

——なぜだ？

答えは出なかった。

やがて、現在の新橋駅のホームが見えて来た。

煌々《こうこう》と輝く駅の灯りに照らされ、哲明の背中を捕らえた。彼は、ホームに逃げ込むつもりだろう。

哲明は、冷酷な男だ。目的のためなら、手段を選ばない。人質でも捕られたら、厄介なことになる。

黒野は足を止め、狙《ねら》いを定める。

流れ落ちる汗が目に染《し》みた。

黒野は、片目をつむり、グリップを強く握って狙いをつけ直すと、拳銃《けんじゅう》の引き金を絞った。

乾いた破裂音がトンネル内に響き、哲明がバタリと崩れ落ちた。

哲明は、這《は》いつくばるようにしてもがいていた。弾丸が命中したのは、彼の足だ。最初から、足を狙っていたのか、それとも的が外れたのか――自分でもよく分からなかった。

二発目を撃とうとしたところで、トンネル内に警笛が鳴り響く。

向かってくる電車のライトが見えた。

「ちっ」

黒野は舌打ちをして、身体を壁に張り付け、轟音《ごうおん》とともに駆け抜けていく電車をやり過ごした。

再び目を向けると、哲明が足を引きずりながら歩き出したところだった。

――これなら簡単に追いつける。

黒野は一気にかけ出し、哲明に追いつくと、彼のシャツを掴み、引《ひ》き摺《ず》り倒した。

地面に仰向《あおむ》けに転がった哲明は、暗い目で黒野を見据える。

「私を殺したところで、お前の過去は変わらない」

命乞《いのちご》いを望んでいるわけではない。黒野の精神を、深くえぐり取ろうとしているのだ。

「そうかもな」

「どんなに尻尾《しっぽ》を振ろうと、お前の居場所は、どこにもない。どこまでも孤独だ」

「そうしたのは、お前たちだろ」

「違う。自分でも分かっているだろ。抜け出すチャンスはいくらでもあった。だが、お前はそうしなかった。母親に捨てられ、孤独に耐えられなかったお前は、あの養成施設に自分の居場所を見出《みいだ》したんだ」

哲明が、にいっと勝ち誇った笑みを浮かべた。

悔しいとは思わなかった。

「否定はしない」

哲明の言うように、逃げる手段はあった。どうしても逃げられなければ、自らの命を絶てばいい。しかし、そんな勇気もなかった。

全《すべ》てを諦め、あそこを自分の居場所にしたのは確かだ。

「なら、私を殺しても何も変わらん」

「そうだな。それでも――」

黒野は、その先の言葉を呑《の》み込んだ。

過去を変えることはできなくても、これからの未来は選択できるはずだ。真田たちを見ていて、そう感じた。

あのとき、もし自分に彼のような強さがあったなら――今さら悔やんでも遅い。

せめて、これからを生きるために、黒野に絡《から》みつく、過去の鎖を断ち切る必要がある。

黒野は銃口を哲明の額に向けた。

「さようならだ」

哲明だけに向けた言葉ではない。あれ以来、行方不明になっている母。そして、心の拠《よ》り所だった白い犬。さらには、自分自身に向けたもの――。

黒野は、ゆっくり引き金を引いた。

銃声が反響した。

発射された弾丸は、この至近距離であるにもかかわらず、哲明の頭部を外れていた。

何が起きたのか、分からなかった。

「間に合った」

見ると、真田が銃を持った黒野の手首を摑《つか》んでいた。

十六

「ここから、行けるはず」

公香は、新橋駅の八番出口近くにあるドアの前に立った。情報が正しければ、このドアの向こうに、幻の新橋駅がある。

「分かった」

山縣はピッキングツールを使い、ドアの解錠に取りかかる。

どこで覚えたのか知らないが、泥棒顔負けの素早さだ。

「行くぞ」

山縣が、ドアを開けて駆け出して行く。

公香もそのあとに続く。

薄暗い通路を抜けるとすぐに、幻の新橋駅のホームに辿り着いた。

傷を負ったらしい二人の男の姿が見えた。おそらく、哲明の手下の者たちだろう。

急ぐのは勝手だが、拘束くらいしていって欲しいものだ。

公香は山縣に目配せをしたあと、線路の上で蹲《うずくま》っている男に駆け寄る。

こちらの存在に気付いたらしく、その男は立ち上がり様に右の拳《こぶし》を振るって来た。

しかし、まだ足許《あしもと》がおぼつかないらしく、緩慢なパンチだった。

公香は、ダッキングでそのパンチをかわすと、ボディーに左右のパンチをお見舞いする。

「うっ」

呻《うめ》き声を上げて、男の身体がくの字に曲がる。

公香は、その腕を外側に捻《ねじ》り上げると、がら空きになった背中に、全体重を乗せた肘《ひじ》打ちを叩《たた》き込んだ。

うつ伏せになった男にのし掛かり、両手を後ろに回して手錠をかける。

視線を向けると、山縣の方も片付いたらしく、指でOKサインを作っていた。

「大使とご対面といきましょう」

ホームの端にある、駅員室に駆け寄り、ドアを開けようとしたが、鍵《かぎ》がかかっていて開かない。しかし、中には確かに人の気配がある。

こんな状況だ。警戒して閉じこもっているのだろう。

——どうする？

山縣が、ドアの前に歩み出る。また、ピッキングをするのかと思っていたが違った。流暢《りゅうちょう》な英語で、何ごとかを呼びかける。

まさか、山縣が英語が喋《しゃべ》れるとは――驚いているうちに、ドアが開き、フォスター大使が顔を出した。

取《と》り敢《あ》えずは一安心だ。

山縣が携帯電話で、どこかに連絡を入れる。おそらくは、唐沢にキャサリン駐日大使確保の報告をしているのだろう。あとは、今から到着するであろう警察に任せればいい。

真田と黒野のあとを追おう――そう思った矢先、携帯電話に着信があった。表示されたのは、塔子の番号だった。

嫌な予感がした。

「もしもし」

〈大変です〉

――やっぱり、そう来たか。

「今度は何？」

〈志乃ちゃんが、新しい予知夢を――〉

「また？　嘘でしょ？」

〈本当です。爆発が――〉

「え？」

〈哲明は、爆弾を所持しています。地下鉄内で自爆します。真田さんも、黒野さんも……〉

塔子の声が、震えて途切れた。

――何てことだ。

公香は、考えるより先に駆け出していた。

「どうした？」

山縣が声を上げる。

「爆発が起こるらしいの」

公香は、叫ぶように答えると、無線で必死に真田に呼びかけながら走った。

――お願い。間に合って。

十七

「なぜ、止めた？」

黒野が、真田に訊《たず》ねてきた。

その表情にいつもの笑顔はなく、ただただ困惑しているといった感じだ。

急にそんなことを訊ねられても答えが出て来ない。自分でも、よく分からない。気が付いたときには、こうしていたのだ。

しかし、強いて理由を問われるなら——。

「お前に、人を殺させたくなかった」

「たったそれだけのために、そんなボロボロの状態で走って来たのか？」

言われて、自分の身体に目を向ける。

確かに酷《ひど》い様《ざま》だ。服はあちこち破れているし、擦り傷まみれで、打撲による痛みが、全身を覆《おお》っている。

「熱血バカだからな」

真田が答えると、黒野は気持ち悪いものでも見るように、目を細めた。

「呆《あき》れた男だ」

「褒めてるのか？」

「そう聞こえたとしたら、君の脳は腐りきっていると言っていい」

——口の減らない野郎だ。

「うるせぇ」

「まったく。信じられない男だよ……」

黒野が、拳銃を持つ手を下げ、視線を逸《そ》らした。

何とも孤独で哀《かな》しげな横顔だった。この男が、背負って来た宿命ともいえる過去が、そうさせているのだろう。

そういえば、昔、同級生にこういう顔をした男がいた。イジメを受け、一人教室に佇《たたず》む少年の横顔が、脳裡《のうり》に蘇《よみがえ》った。

「そんな顔すんな」

真田は黒野の肩を叩いた。

「じゃあ、どんな顔をすればいい？」

「笑っとけ」

そう言うと、黒野は驚愕《きょうがく》の表情を真田に向けた。

一瞬、真田の顔をまじまじと見つめたあと、ふっと表情を緩め、笑ってみせた。

「君という男は……」

黒野のその先の言葉を遮るように、笑い声が響き渡った。

哲明だった。

仰向けに倒れたまま、何がおかしいのか、声を上げて笑っている。

「君たちは、つくづく愚かだ」

哲明は、そう言い終わるなり、素早く身体を起こした。

まだ余力が残っていたらしい。真田は身体を引いて身構えたが、哲明の狙いは黒野だった。

哲明は、黒野の持っていた拳銃を奪い取る。

——させるか！

すぐに飛びかかろうとした真田だったが、それより哲明が拳銃の銃口を向ける方が速かった。

「くっ……」

こうなると、身動きが取れない。

「殺せるときに殺す。そうしなければ、自分が死ぬことになる」

哲明は、勝ち誇ったように言うと、右手で拳銃を持ったまま、左手をポケットに突っ込み、何かを取り出した。

それは、リモコン式の起爆装置だった。

「一緒に地獄に行こう」

哲明が言う。見ると、彼の腰のベルトには、C４と思われる爆薬が巻き付けてあった。

こんなところで、これだけの火薬を爆発させれば、自分たちはおろか、駅にいる人々に甚大《じんだい》な被害が出る。

こんなことなら、黒野を止めるべきではなかった――今さら後悔しても遅い。

哲明が、起爆装置に指をかける。

「くそっ！」

一か八かだ。哲明に飛びついて、起爆装置を奪うしかない。

飛びかかろうとした真田を制したのは、黒野だった。

「無駄だから止《や》めとけよ」

「何？」

「ここで飛びかかったところで、撃ち殺されるか、起爆装置のスイッチを押されるかだ。どちらにしても死ぬ」

黒野の状況分析は正しい。だが――。

「このまま、大人しく死ねっていうのか？」

「まさか。そのつもりはない」

黒野が、真っ直《す》ぐに哲明を見据える。

「愚かな。こうやって時間稼ぎをして、応援を待つつもりだろう」

哲明が言った。

「バレちゃったみたいだね。これで間に合わなくなった」

「諦《あきら》めが早いな」

「いつものことだ」

黒野が、耳に手を当てた。その仕草で、真田は彼が何をしようとしているのか、理解した。

――なるほど。そういうことか。

「あの世で、もう一度鍛え直してやる」

哲明が、起爆装置をかかげる。

「撃て」

黒野が、小声で言った。

と同時に、銃声が轟《とどろ》いた。遠距離からのものだ。

弾丸は、哲明には命中しなかった。だが、音に驚いた哲明は、何ごとかとトンネルの奥に視線を向けた。

その隙を逃さず、真田は起爆装置を奪い取ろうとする。しかし、哲明もすぐに体勢を立て直す。

二人で揉《も》み合う恰好《かっこう》になった。

「ぬぅ!」

哲明は、必死に抗《あらが》いながらも、拳銃の銃口を真田に向けた。

——ヤバイ! 撃たれる!

しかし、手を放すわけにはいかない。そうすれば、哲明は起爆装置のスイッチを押すだろう。

これまでか——そう思った刹那《せつな》、黒野が拳銃を持った哲明の腕を捻り上げようとする。

哲明は、力任せに黒野を振り払う。

黒野はあっさり地面に転がったが、そのおかげで反撃のチャンスが生まれた。

真田は、哲明の顔面に渾身《こんしん》の頭突きをお見舞いする。

不意打ちを食らった哲明は、鼻血を流しながらよろよろと後退《あとじさ》る。

「もういっちょ」

真田は大きくジャンプしながら、右の回し蹴《げ》りを哲明の顔面にお見舞いした。

クリーンヒット。

哲明は、仰向けにバタリと倒れた。

黒野がすかさず哲明から、拳銃と起爆装置を取り上げる。

「真田！」

遠くから声がした。

視線を向けると、走って来る山縣と公香の姿があった。

黒野の「撃て」という指示で発砲したのは、山縣たちだろう。距離があり過ぎて、命中はしなかったが、それでいい。黒野の目的は、銃声で哲明に隙を作ることだった。

真田はその考えを察し、行動したに過ぎない。

ほっと一息吐きたいところだったが、「うぅっ……」と呻き声がした。

目を向けると、哲明が、苦い顔をしながら起き上がるところだった。その手にはナイフが握られている。

まだ、やり合うつもりらしい。

――しつこい野郎だ。

真田は、哲明の顔面に渾身の右拳を叩き込んだ。

「大人しく寝とけ」

完全に意識を失った哲明に吐き捨てると、真田はその場に膝を落とした。

「君たちは、本当にとんでもないバカだな」

黒野が、真田を覗《のぞ》き込みながら言う。

冷笑ともいえるその表情が、無性に腹立たしかったが、今は殴りかかる気力もない。

「残念だけど、お前も、バカの一員なんだよ」

「最悪だ」

黒野が小さく首を振った——。

その後

山縣は、ソファーに腰かけた。

公安が用意した、例のマンションの部屋だ。

「まったく。君たちの暴走ぶりは、噂《うわさ》以上だな」

言ったのは、向かいの席に座る唐沢だった。

言葉とは裏腹に、その表情には安堵《あんど》が滲《にじ》んでいる。もし、駐日大使が殺害される――などということになれば、いくら知らぬ存ぜぬだったとはいえ、彼も何らかの処分を受けたはずだ。

そういう意味では、黙認してくれた唐沢にも感謝すべきかもしれない。

「何にしても、無事に解決できました」

「非公式ではあるが、アメリカ側から、日本の対応に抗議があった。何もかも無事というわけにはいかんよ」

唐沢が小さく首を振った。

この男にしては珍しく、弱気な発言だ。

「人質は、無事に救出できたんです。毅然《きぜん》と振る舞えばいいんです」

「分かっている。私は、そのつもりでも、政治家たちはそうはいかない。アメリカの顔色をうかがってビクビクしている」

「だったら、尚《なお》のことです。事件は解決したのですから」

「そうだな。しかし、全容解明には、まだまだ時間がかかる」

唐沢は、苦笑いを浮かべた。

口ではそう言っているが、唐沢が本当に頭を痛めているのは、もっと別のことだろう。

「趙哲明は、本国からの指示だったと供述しているんですね」

山縣が言うと、唐沢が驚いた顔をした。

「なぜ、それを知っている？」

「知っていたわけではありません。黒野が、そう分析したんです」

今回の事件は、哲明たちのグループの独断だった。しかし、先の中西運輸の事件のあと、本国から見捨てられたことに恨みを抱いていた哲明たちは、あくまで、本国からの指示だと主張することで国際問題に発展させ、自分たちを見捨てた者たちに一矢《いっし》報いようとしている。

それが黒野の分析だった。

哲明たちが証言を変えてくれなければ、事件は外交問題に発展し、いろいろと面倒なことになる。

「なるほどな」

唐沢は苦い顔で頷《うなず》いた。

この反応を見る限り、黒野の推測は正しいのだろう。

ただ、山縣は別の見解も持っていた。哲明たちが、本国からの指示だと主張するのは恨みのせいだけではなく、認められたいという思いがあるのだろう。失った居場所を取り戻そうとしている。黒野がそうであったように――。

「では、私はこれで」

立ち上がろうとした山縣を、唐沢が呼び止めた。

「今回は、よくやってくれた」

真っ直《す》ぐに向けられた視線には、誠意が感じられた。おそらくは、唐沢の本心なのだろう。

「それが仕事ですから」

山縣は、笑顔で応《こた》える。

「そうだったな」

「私からも、一つ確認してよろしいですか?」

「何だ?」

「黒野の処遇です」

彼は、この先、どういう扱いになるのか——それが気になっていた。

「どういう意味だ?」

「黒野をうちに配属したのは、今回の一連の事件が、趙哲明たちに関連したものである可能性があったからですよね」

「君には、隠しごとができんな」

唐沢が苦笑いを浮かべた。

やはり、そうだった。つまり、彼は臨時で配属されたに過ぎないということだ。

「今後、彼はどうなるんですか?」

「君はどうしたい?」

逆に訊《たず》ねられた。

意見を求められるのであれば、答えは決まっている。

「しばらく、うちで預からせて下さい」

「厄介な男だぞ」

唐沢がニヤリと笑う。

「知っています」

山縣は頷いてみせた。

※　※　※

真田は、コクーンのある部屋に足を踏み入れた。

眩《まばゆ》いばかりの光に目を細め、コクーンの前まで歩みを進める。

足を踏み出す度に、身体《からだ》が軋《きし》むように痛んだ。

今回も、無我夢中で事件を追いかけた結果、身体中、打撲や擦り傷だらけで、歩くのも億劫《おっくう》な状態だ。

スイッチを押すと、ゆっくりと外殻が持ち上がり、志乃の姿が現われた。

「終わったよ」

真田は、志乃の冷たい手を取り、語りかけた。

返事はなかった。

今回の事件を解決したことで、志乃が目覚めると心のどこかで期待していた。しかし、その望みは無残にも打ち砕かれた。

――いつになったら、志乃は目を覚ますのか？

真田は、祈るような姿勢で、志乃の手を自らの額に当てた。

「やっぱり、ここにいた」

声をかけて来たのは、公香だった。

「何の用だ？」

「あんたに用はないわ。私も、志乃ちゃんの様子を見に来ただけ」

肩をすくめるようにして言ったあと、公香は真田の隣に立ち、しげしげと志乃の顔を見つめる。

その目は、どこか哀《かな》しげだった。

「目を覚ますと思ったんだけどな……」

公香は、優しく志乃の頬を撫《な》でる。

「ああ」

「本当に、こんなことを続けていて、志乃ちゃんが目を覚ますのかしら？」

そう訊ねる公香の目は、涙ぐんでいるようだった。

あれだけの思いをしたのに、志乃は目覚めない。落胆する気持ちは分かる。事実、真田もそうだった。だが――。

「今回でダメなら、次だ」

真田は、宣言するように言った。

「え？」

「いつか、志乃は目を覚ます。そう信じて、走るだけだ」

強がったわけではない。それが真田の本心だった。

必ず目を覚ますと信じて、突き進むしかない。今の自分にできることは、それだけだ。

「そうね。きっと目を覚ますわね」

公香が笑顔で応じる。

「ああ。きっと」

真田は、コクーンの前をあとにした。

※　※　※

塔子は、脱力してモニタリングルームの椅子《いす》に凭《もた》れた。

今回の事件では、志乃が何度も夢を見た。その事後処理に追われ、くたくただった。

「疲れてるね」

不意に声をかけられ、塔子は身体を固くして振り返った。

戸口のところに、黒野が立っていた。

口許《くちもと》に浮かぶ笑みが、全《すべ》てを見透かしているようで、怖《おそ》ろしく感じられた。

「いえ、私は……黒野さんの方が、大変だったんじゃないんですか？」

塔子が言うと、黒野が指先でメガネを押し上げた。

「君の心労に比べれば、大したことじゃない」

「どういう意味です？」

「君なんだろ。事件の発端は――」

真っ直ぐに見据えられた黒野の目が、暗く光った。

「何のことです？」

塔子は、声が震えないように喉《のど》に意識を集中させながら答えた。うまく言えた。しかし、それでも黒野には、心の底を見透かされているような気がした。

「前に話したことを覚えているか？」

「どの話ですか？」

「志乃が予知夢を見る法則の話だよ」

塔子は「あれですか――」と頷いてみせた。

志乃が眠りにつく前は、事件の関係者に接触することが、予知夢を見るきっかけになっていた。しかし、コクーンの中にいる今は、誰にも接触していない。それなのに、なぜ予知夢を見るのか――という疑問だ。

「ぼくは、今回の事件が、ランダムに予知されたものだとは思わない。明確な意図があって、志乃に予知夢を見させた――そう考えている」

「どうやって？」

訊ねながらも、塔子はその答えを知っていた。

「君だよ」

「私は何も……」

「いいや。嘘《うそ》だね。君は、志乃に事件関係者と接触させた。君以外に、それが出来る人間はいない」

塔子は、何も答えなかった。

喋《しゃべ》れば喋るほどに、襤褸《ぼろ》が出るような気がした。口ぶりからして、黒野は全てに気付いている。

「志乃は接触があった者の死を予知することを、君たちは知っていた。つまり、このまま寝かせておけば、志乃は何も予知しない。違うかい？」

塔子は、肯定も否定もしなかった。黒野は、ニヤリと笑ってから話を続ける。

「警察は、趙哲明らのグループが、何かを目論《もくろ》んでいるという情報を摑《つか》んでいた。しかし、それが具体的にどういったものか分からなかった。そこで、クロノスシステムを使うことにしたんだ」

「誰かを接触させた——そう言いたいんですか？　もし、そうなら、ここには真田さんや山縣さんもいます。彼らもそれに気付いたはずです」

反論してみたが、そんな付け焼き刃は、すぐに剝《は》がれると自分でも分かっていた。

案の定、黒野はメガネを押し上げてから口を開く。

「血液だよ」

「何のことです？」

「惚《とぼ》けるなよ。志乃の腕には、皮下注射の痕《あと》があった。あれは、今回の犯罪に関与していた人物から採取した血液を、殺菌した上で、極少量だけ彼女の皮膚に注射していたんだろ」

「血液なんて、どうやって入手するんです？」

「事件の一ヶ月ほど前、野呂は人間ドックに入っている。そのとき採取した血液を使ったんだ。そうやって、擬似的に接触した状態を作り出した」

塔子は、深いため息を吐《つ》いた。

思った通り全てを見抜かれていた。分かっていたことなのに、こうやって面と向かって言われると、やはりこたえる。

塔子には、断れなかった。身から出た錆《さび》とはいえ、そうせざるを得ない事情が自分にはあった。

これまでは、被害者に到達できなかったので、それほどの罪悪感はなかった。しかし、今回の事件においては、山縣や公香、そして真田たちが、自分の行いをきっかけに危険に晒《さら》されることになった。

塔子は、胸を裂くような痛みを孤独に味わっていたのだ。

「彼らに——真田さんたちに、このことを伝えるんですか?」

一番気にかかることを訊ねた。

もし、知られれば、自分はもうここにはいられない。命令されてやったこととはいえ、明らかな裏切り行為だ。

「ぼくは、真実を知りたかっただけだ。言うつもりはない」

黒野は素っ気なく言う。

しかし、彼の言葉を額面通りには受け取れなかった。脅迫のカードに使われているような気がする。

「私は……彼らに全てを打ち明けます」

自然と出た言葉だった。

許しを乞《こ》おうとは思わない。ただ、真実を告げて楽になりたかった。

「本当にいいの。全てを伝えて」

黒野が、暗い目を塔子に向ける。

「え?」

「ずっと不思議だったんだ」

「何がです?」

「コクーンだよ。なぜ、昏睡《こんすい》状態の彼女を介護するために、あんなたいそうな機械に閉じ込めておく必要があるのか——」

「あれは、クロノスシステムの中枢《ちゅうすう》でもあるんです。だから……」

「そんな誤魔化しに、ぼくが納得すると思う？」

黒野の顔から、笑顔が抜け落ちた。

ぞっとするほど怖い表情をしている。

「納得するとかではなく、それが事実で……」

必死に取り繕ってみたが、途中で声が震えて喋ることができなくなってしまった。

「なぜ、志乃は低温に保たれているのか？　最初の疑問はそこだった」

「私は……」

「それに、彼女を目覚めさせようとしているなら、相応の治療が必要になる。なのに、ここにいるのは君だけだ」

「治療は私が……」

「君が持っているのは、看護師の資格だ。治療なんてできない」

「何が言いたいんですか？」

「コクーンは、コールドスリープの機械。つまり、彼女を眠らせ続けるための装置だろ」

塔子は、黙したまま息を呑《の》んだ。

まさにその通りだ。志乃は、クロノス計画がスタートしてすぐ、意識を回復した。それを、真田たちには伝えず、再び眠らせたのだ。

コクーンは、黒野が言う通り、志乃を目覚めさせないための装置に他ならない。

「君の境遇には、同情するよ」

黒野が、一瞬だけ表情を曇らせた。

彼は、そこまで知っているのか——驚くとともに、だからこそ、真実に辿《たど》り着いたのだと納得する。

「同情なんて……」

「事実を言うかどうかは、君の判断に任せる」

黒野は、それだけ言うと部屋のドアを開けて出て行こうとする。塔子は、思わずそれを呼び止めた。

「真実を知ったら、彼は——私を恨むでしょうか？」

塔子の中に、真っ先に浮かんだのはそのことだった。

真田に想《おも》いを寄せなければ、こんなにも苦しまなかったかもしれない。

「まさか」

黒野は笑顔で応えた。

「では、許されるのでしょうか——」

「志乃は、真田にとって全てだ。君たちは、彼を騙《だま》して、事件解決のために彼女の自由を奪っているんだ」

「それは……」

「真実を知ったら、恨むなんて生易《なまやさ》しいものじゃ済まされないよ」

冷たい笑みとともに、黒野は部屋を出て行った。

塔子は、ただ呆然《ぼうぜん》とすることしかできなかった——。

この作品は二〇一三年十一月新潮社より刊行された。

神永学著

タイム・ラッシュ
―天命探偵　真田省吾―

真田省吾、22歳。職業、探偵。予知夢を見る少女から依頼を受け、巨大組織の犯罪へと迫っていく――人気絶頂クライムミステリー！

神永学著

スナイパーズ・アイ
―天命探偵　真田省吾2―

連続狙撃殺人に潜む、悲しき暗殺者の過去。黒幕に迫り事件の運命を変えられるのか?!最強探偵チームが疾走する大人気シリーズ！

神永学著

ファントム・ペイン
―天命探偵　真田省吾3―

麻薬王〝亡霊〟の脱獄。それは凄惨な復讐劇の幕開けだった。狂気の王の標的となった探偵チームは、絶体絶命の窮地に立たされる。

神永学著

フラッシュ・ポイント
―天命探偵　真田省吾4―

東京に迫るテロ。運命を変えるべく奔走した真田は、しかし最愛の人を守れなかった――。正義とは何か。急展開のシリーズ第四弾！

神永学著

革命のリベリオン
―第Ⅰ部　いつわりの世界―

人生も未来も生まれつき定められた〝DNA格差社会〟。生きる世界の欺瞞に気付いた時、少年は叛逆者《リベリオン》となる――壮大な物語、開幕！

神永学著

革命のリベリオン
―第Ⅱ部　叛逆の狼煙―

過去を抹殺し完全なる貴公子に変身したコウは、人型機動兵器《リベリオン》を駆る〝仮面の男〟として暗躍する。革命の開戦を告ぐ激動の第Ⅱ部。

伊坂幸太郎著

オーデュボンの祈り

卓越したイメージ喚起力、洒脱な会話、気の利いた警句、抑えようのない才気がほとばしる！　伝説のデビュー作、待望の文庫化！

伊坂幸太郎著

ラッシュライフ

未来を決めるのは、神の恩寵か、偶然の連鎖か。リンクして並走する4つの人生にバラバラ死体が乱入。巧緻な騙し絵のごとき物語。

伊坂幸太郎著

重力ピエロ

ルールは越えられるか、世界は変えられるか。未知の感動をたたえて、発表時より読書界を圧倒した記念碑的名作、待望の文庫化！

伊坂幸太郎著

フィッシュストーリー

売れないロックバンドの叫びが、時空を超えて奇蹟を呼ぶ。緻密な仕掛け、爽快なエンディング。伊坂マジック冴え渡る中篇4連打。

伊坂幸太郎著

砂漠

未熟さに悩み、過剰さを持て余し、それでも何かを求め、手探りで進もうとする青春時代。二度とない季節の光と闇を描く長編小説。

伊坂幸太郎著

ゴールデンスランバー

山本周五郎賞受賞
本屋大賞受賞

俺は犯人じゃない！　首相暗殺の濡れ衣をきせられ、巨大な陰謀に包囲された男。必死の逃走。スリル炸裂超弩級エンタテインメント。

伊坂幸太郎著

オー！ファーザー

一人息子に四人の父親!? 軽快な会話、悪魔的な箴言、鮮やかな伏線。伊坂ワールド第一期を締め括る、面白さ四〇〇%の長篇小説。

伊坂幸太郎著

あるキング
—完全版—

本当の「天才」が現れたとき、人は〝それ〟をどう受け取るのか——。一人の超人的野球選手を通じて描かれる、運命の寓話。

伊坂幸太郎著

３６５２
—伊坂幸太郎エッセイ集—

愛する小説。苦手なスピーチ。憧れのヒーロー。15年間の「小説以外」を収録した初のエッセイ集。裏話満載のインタビュー脚注つき。

石田衣良著

４ＴＥＥＮ
【フォーティーン】
直木賞受賞

ぼくらはきっと空だって飛べる！ 月島の街で成長する14歳の中学生4人組の、爽快でちょっと切ない青春ストーリー。直木賞受賞作。

石田衣良著

６ＴＥＥＮ

あれから2年、『4TEEN』の四人組は高校生になった。初めてのセックス、二股恋愛、同級生の死。16歳は、セカイの切なさを知る。

石田衣良著

明日のマーチ

山形から東京へ。4人で始まった徒歩の行進は、ネットを通じて拡散し、やがて……。等身大の若者達を描いた傑作ロードノベル。

荻原浩著

月の上の観覧車

閉園後の遊園地、観覧車の中で過去と向き合う男――彼が目にした一瞬の奇跡とは。過去／現在を自在に操る魔術師が贈る極上の八篇。

垣根涼介著

ワイルド・ソウル（上・下）

大藪春彦賞・吉川英治文学新人賞・日本推理作家協会賞受賞

戦後日本の〝棄民政策〟の犠牲となった南米移民たち。その息子ケイらは日本政府相手に大胆な復讐劇を計画する。三冠に輝く傑作小説。

垣根涼介著

君たちに明日はない

山本周五郎賞受賞

リストラ請負人、真介の毎日は楽じゃない。組織の理不尽にも負けず、仕事に恋に奮闘する社会人に捧げる、ポジティブな長編小説。

垣根涼介著

借金取りの王子

―君たちに明日はない2―

リストラ請負人、真介に新たな試練が待ち受ける。今回彼が向かう会社は、デパートに生保に、なんとサラ金!? 人気シリーズ第二弾。

垣根涼介著

張り込み姫

―君たちに明日はない3―

リストラ請負人、真介は戦い続ける。ぎりぎりの心で働く人々の本音をえぐり、仕事の意味を再構築する、大人気シリーズ！

垣根涼介著

永遠のディーバ

―君たちに明日はない4―

リストラ請負人、真介は「働く意味」を問う。CA、元バンドマン、ファミレス店長に証券OB、そしてあなたへ。人気お仕事小説第4弾！

髙村薫著

黄金を抱いて翔べ

大阪の街に生きる男達が企んだ、大胆不敵な金塊強奪計画。銀行本店の鉄壁の防御システムは突破可能か？　絶賛を浴びたデビュー作。

髙村薫著

神の火（上・下）

苛烈極まる諜報戦が沸点に達した時、破天荒な原発襲撃計画が動きだした——スパイ小説と危機小説の見事な融合！　衝撃の新版。

髙村薫著

リヴィエラを撃て（上・下）

日本推理作家協会賞／日本冒険小説協会大賞受賞

元IRAの青年はなぜ東京で殺されたのか？　白髪の東洋人スパイ《リヴィエラ》とは何者か？　日本が生んだ国際諜報小説の最高傑作。

髙村薫著

マークスの山（上・下）

直木賞受賞

マークス——。運命の名を得た男が開いた扉の先に、血塗られた道が続いていた。合田雄一郎警部補の眼前に立ち塞がる、黒一色の山。

髙村薫著

照柿（上・下）

運命の女と溶鉱炉のごとき炎熱が、合田と旧友を同時に狂わせてゆく。照柿、それは断末魔の悲鳴の色。人間の原罪を抉る衝撃の長篇。

髙村薫著

レディ・ジョーカー（上・中・下）

毎日出版文化賞受賞

巨大ビール会社を標的とした空前絶後の犯罪計画。合田雄一郎警部補の眼前に広がる、深い霧。伝説の長篇、改訂を経て文庫化！

クロノス

—天命探偵 Next Gear—

新潮文庫　か－58－5

平成二十七年十一月一日発行

著者　神《かみ》永《なが》学《まなぶ》

発行者　佐藤隆信

発行所　株式会社 新潮社

郵便番号　一六二―八七一一
東京都新宿区矢来町七一
電話 編集部(〇三)三二六六―五四四〇
読者係(〇三)三二六六―五一一一
http://www.shinchosha.co.jp

価格はカバーに表示してあります。

乱丁・落丁本は、ご面倒ですが小社読者係宛ご送付ください。送料小社負担にてお取替えいたします。

印刷・株式会社光邦　製本・加藤製本株式会社

ISBN978-4-10-133675-6 C0193